AF235024

Victoria Wagner

Das Meer wird
den Wellen nicht müde

Über das Buch

Vicky hat einen stürmischen und nicht wirklich freiwilligen Start, um ins eigene Leben zu wachsen. Sie wird an verschiedene Lebensufer gespült, bis sie irgendwann versteht, warum sie dort landen musste und wie sie die Ufer auch selbst mit ansteuern kann – und dabei dann auf für sie wundersame Begegnungen stößt.

Auf ihrem Weg als »Lebenslehrling« erhält sie viele, häufig zwangsweise auferlegte Lektionen, durch die sie sich im Laufe der Zeit aber zum »Lebensmeister« entwickelt.

Über die Autorin

Kommunikationswirtin,
Marketing Specialist
Autorin

Victoria Wagner

Das Meer wird den Wellen nicht müde

Der Lebenslehrling
→ Lebensgeselle
→ Lebensmeister

FSC
www.fsc.org
MIX
Papier aus ver-
antwortungsvollen
Quellen
Paper from
responsible sources
FSC® C105338

April 2022
© 2022 Victoria Wagner
Lektorat: Christa Opitz-Schwab
Layout, Satz, Umschlaggestaltung & Korrektorat:
Die BUCHPROFIS, München
Herstellung und Verlag: BoD – Books on Demand, Norderstedt
Printed in Germany

ISBN 978-3-7562-0092-4

Wer Schmetterlinge lachen hört, der weiß,
wie Wolken schmecken ...

Carlo Karges (Novalis)

*Die Namen handelnder Personen sind frei erfunden.
Jegliche Ähnlichkeiten zu lebenden oder toten
Personen sind reiner Zufall.*

Inhaltsverzeichnis

Kapitel 1

Lektion: Ich kann mir stets
eine wunderbare Welt erschaffen 9
Lektion: Narben werden bleiben 12

Kapitel 2

Lektion: Treibendes Boot gefüllt mit
leerem Interesse und lautem Schweigen 15
Lektion: Kann Freundschaft das Herzstück
Familienliebe ersetzen? 17
Lektion: Aus dem Nest gestoßen 20

Kapitel 3

Lektion: Immer wenn du denkst, es geht nicht mehr . . 25
Lektion: kommt von irgendwo ein Lichtlein her? . . . 29

Kapitel 4

Lektion: Achte stets auf den neben dir,
ob Mensch oder Tier und sei du selbst
das Licht in der Dunkelheit 34
Lektion: Auf geradem oder ungeradem Weg –
bleibe du selbst 37
Lektion: Das abstürzende Flugzeug 39

Kapitel 5

Lektion: Wer bin ich? 42
Lektion: Am richtigen Platz zur rechten Zeit 46
Lektion: Eine glänzende Begegnung –
mehr Schein als Sein 47

Kapitel 6

Lektion: Bleibe du selbst!
Und zeige, wer du wirklich bist 51
Lektion: Aus ein-sam ein gemein-sam machen 53
Lektion: Gebrauchsanweisung für Beziehungen –
aber bitte auch aufs Kleingedruckte achten 56
Lektion:Weiter nach Plan geradeaus 59

Kapitel 7

Lektion: Erkenntnis – eine mögliche Täuschung? . . . 60
Lektion: Tiefpunkt der Wertschätzung 62

Kapitel 8

Lektion: Der Irrtum führt den Beweis 66
Lektion: Nicht alles, was man verliert,
ist auch ein Verlust 68
Lektion: Vertraue darauf, dass alles so kommt,
wie es richtig ist 72

Kapitel 9

Lektion: Hoffnung und Liebe 74
Lektion: Freundschaft ist unbezahlbar –
Es gibt Freunde im Leben und Freunde fürs Leben . . 76
Lektion: Perle der Weisheit – Dankbarkeit,
und aus Erfahrenem kann man wachsen 78

Kapitel 10

Lektion: Vergebung – Akzeptanz und Annahme 82
Lektion: Glück kann man teilen 86

Kapitel 11

Lektion: Eine magische Begegnung 88

Kapitel 12

Lektion: Du selbst bist der Held deiner Geschichte . . 91

Kapitel 1

Lektion: Ich kann mir stets eine wunderbare Welt erschaffen

P uh, geschafft!«, seufze ich, während meine Schultern
vor Erleichterung langsam nach unten sinken.

Es ist dunkel hier in meinem Versteck und beinahe zu
abenteuerlich eng, um einfach schnell hineinhuschen zu
können. Lediglich durch einen Spalt in der kleinen Tür
dringt ein schmaler Lichtkegel zu mir herein. Um mich zu
beruhigen, kauere ich mich Schutz suchend in die Ecke.
Ich habe butterweiche Knie und zittere am ganzen Körper.

Ich bin wieder derart erschrocken. Und auch wieder unendlich traurig. Er hat mir versprochen, dass er das nicht
mehr macht. Und obwohl er selbst ständig sagt: »Versprechen muss man immer halten«, ist es wieder passiert.

Die Angst, was da draußen noch vor sich geht, und die
Enttäuschung schnüren mir so die Kehle zu, dass sich mein
Luftholen wie ein Japsen anhört. Mein Herz schlägt so
laut, dass ich befürchte, jemand könne es hören und ich
mich dadurch verraten. Eine letzte, langsame, dicke Träne
kullert über meine vor Aufregung noch ganz heißen Wangen. Sie wird durch meine Lippe gestoppt und bleibt am
Mundwinkel stehen.

Leise schluchze ich in mich hinein. Gott sei Dank kann

mich hier niemand sehen. Hier kann mir nichts passieren. Ich bin allein in meinem »Haus« und bekomme wenig von außen mit. Dadurch beruhige ich mich langsam. In einer etwas aufrechteren Haltung versuche ich, tiefer einzuatmen.

Ich habe wenig Platz und mir wird dadurch mal wieder klar, dass ich wohl doch zu dick bin, wie die da draußen häufig zu mir sagen, verpackt in Sprüche wie: »Du isst zu viel!« oder »Zieh mal deinen Bauch ein, Pummelchen!«. Trotzdem kann ich mich hier noch gut verstecken und bin so froh, dass ich dieses »Haus« in meinem Zimmer habe. Es ist aus einem riesigen Verpackungskarton entstanden. Diesen haben wir bunt angemalt, ein Dach aus den Deckelklappen geformt und anschließend sogar noch eine kleine Tür und ein Fenster hineingeschnitten.

Ich spiele nervös mit meinen langen Haaren herum, während ich überlege, wohin meine »Wunderbare-Welt-Reise« jetzt gehen soll. An der Wand direkt vor mir sind meine möglichen Reiseziele zur Auswahl aufgeklebt:

Der braune Hosenknopf steht für »in den Tiergarten«, um mit den vielen fantastischen Tieren reden.

Die daneben festgemachte Muschel bringt mich zu »meiner Sandburg« nach Italien an den Strand; ich könnte daran weiterbauen.

Der hübsche Stein direkt darunter ist ein sogenannter Ammonit. Den habe ich bei einem Ausflug als Erste von uns gefunden. Obwohl mein älterer Bruder Andreas unseren Vater mit einem abfälligen »Die findet doch eh nichts!« hatte überzeugen wollen, mich nicht mitzunehmen. Dieser Stein würde mich in den »gruseligen« Steinbruch entführen. Dort ist alles geheimnisvoll, unheimlich uralt.

Dann gibt es noch eine in den unterschiedlichsten Farben

glitzernde Murmel. Die mag ich am liebsten. Sie bringt mich jedes Mal in eine neue wunderbare »Überraschungswelt«.

Und da suche ich mir aus, wohin ich gerade reisen möchte.

Für jetzt habe ich die Murmel ausgewählt. Ich drücke die bunte Kugel an der Wand und versuche, die dunklen Gedanken wegzuschieben, als wären sie Wolken, und sie in sonnige zu tauschen. Dann drehe ich zweimal den Ring an meinem Finger (ich habe ihn ganz neu aus einem Kaugummi-Automaten), presse fest die Augen zu und schon übernimmt meine Fantasie die glasklare Vorstellung und lässt meine gewünschte, mir ausgemalte Welt entstehen ... Das sind die Baumeister meiner wunderbaren Ziele.

Dort ist es bunt wie direkt im Regenbogen, warm wie in der Sonne, leuchtend wie direkt unter den Sternen, fröhlich wie Schmetterlinge, die durch die Luft tanzen und lachen. Alles schwebend leicht umhüllt vom Duft der Blumen. Kein Wölkchen trübt den blauen Himmel.

Ich kann bereits den süßlichen Blumenduft riechen.

In dieser Welt gibt es Geborgenheit, Wärme und Liebe. Alkohol, Gewalt, Schreien und Streit sind hier nicht erlaubt. Dann reißt mich eine laute Stimme aus meiner Welt: »Vicky? Wo steckst du?«

Lektion:
Narben werden bleiben

Ich bin Vicky und zu diesem Zeitpunkt sechs Jahre alt. In meinem Zuhause gibt es regelmäßig Streit. Erst trinkt mein Vater, dann wird geschrien und dann schlägt er meine Mutter, schubst sie oder zerrt sie vom Sofa herunter. Und das stets vor meinem drei Jahre älteren Bruder Andreas und mir.

Mein Bruder versucht während solcher Szenen, selbst erschrocken zitternd, mich schützend wegzuziehen. Er nimmt in diesen Situationen meine Hand, was er sonst nie tun würde, und schiebt mich hinter sich. Aber wenn ich die Gelegenheit bekomme, verstecke ich mich selbst schnell in meinem Haus.

Mir und Andreas tut der Vater nichts. Normalerweise. Aber mit Alkohol ist er unberechenbar. Und wenn er meiner Mutter wehtut, fühlt es sich für mich jedes Mal so an, als würde er mich treffen. Ich will sie ja auch gar nicht allein lassen, wenn sie mich Hilfe suchend, schwach und gleichzeitig wie um Entschuldigung bittend ansieht. Aber meine Angst schreit dann stets: Vicky, jetzt ganz schnell weg hier!

Danach weint meine Mutter leise vor sich hin, während sie versucht, ihre daraus folgenden Blessuren zu versorgen und ihre Schmerzen zu lindern. Mein Vater selbst sagt meist am nächsten Tag zu mir: »Wir haben nur verschiedene Meinungen.« Und er verspricht ganz süßlich einschmeicheln, es nicht wieder zu tun.

An Weihnachten, wenn es eigentlich besonders schön sein sollte, eskaliert die Situation regelmäßig und es ist bei uns immer dramatisch und traurig. Und jedes Mal haben wir schon beim geringsten »schiefen« Blick, eine Vorahnung und Vorstellung davon, was gleich passieren wird.

Weihnachtliche Stimmung in der Familie und Alkohol führen bei meinem Vater dazu, dass irgendwann auch unter anderem sogar Möbel zerschlagen werden. Ich habe stets noch versucht, schnell nach meinem neuen Weihnachtsgeschenk zu greifen und mitzunehmen, bevor mein Bruder und ich mit meiner Mutter zu Nachbarn flüchten.

Im Schutz der Nachbarwohnung kann ich vom Fenster aus beobachten, wie bei meinem Vater das Polizeiauto vorfährt.

In unserem Dorf gibt es eine gelbe Telefonzelle, dahin laufen wir dann und werden dort von meinem Onkel abgeholt, um für einige Zeit unterzutauchen. So geht das eine lange Zeit. Zumindest kommt mir das als Kind so vor.

Einmal gehe ich nach einem Schulausflug ins Schlafzimmer meiner Eltern.

Dort liegt meine Mutter auf dem Bett. Sie atmet flach, hat weißen Schaum auf ihren Lippen und reagiert nicht auf mein »Hallo, Mama«. Sie bewegt sich nicht und sieht mich auch nicht an. Ich laufe aufgeregt zu meinem Vater und schreie hysterisch, während ich ihn in Richtung Schlafzimmer ziehe.

»Komm schnell, mit Mama stimmt was nicht. Sie braucht Hilfe. Schnell!«

Widerwillig sieht er nach. Auf ihrem Nachttisch liegt eine leere Packung Schlaftabletten. Sie wird sofort ins Krankenhaus gebracht!

Es ist gerade noch gut gegangen …

Irgendwann komme ich von der Schule heim und meine Mutter ist ausgezogen. Meine Eltern haben sich getrennt.

Ich muss bei meinem Vater bleiben, auch wenn ich das nicht will. Niemand hört mein besorgtes Schluchzen in der Stille der Nacht. Jetzt sind Andreas und ich allein mit ihm.

Meine Mutter fehlt mir sehr!

Kapitel 2

Lektion: Treibendes Boot gefüllt mit leerem Interesse und lautem Schweigen

Wo ist Mama und wann kommt sie wieder?«, frage ich mit zittriger Stimme, während ich mit der Gabel das Essen auf meinem Teller, desinteressiert daran, lustlos hin und her schiebe.

»Gut, dass eure Mutter endlich weg ist«, zischt mein Vater unmittelbar gereizt und scheint dabei mit sich und der derzeitigen häuslichen Situation ziemlich zufrieden zu sein. »Ach, und essen magst du wohl nicht? Hast du endlich eingesehen, dass du zu dick bist? Du isst eh zu viel.«

Andreas sitzt schmatzend daneben, übertrieben fokussiert auf seine Mahlzeit. Er zieht es mal wieder vor, nichts dazu zu sagen.

Nach einer Weile lässt uns der Vater dann doch noch so ganz nebenbei wissen: »Wenn eure Mutter eine Wohnung gefunden hat, könnt ihr sie einmal im Monat besuchen.«

»Nur einmal im Monat?«, entgegne ich entsetzt, während mir Tränen in die Augen schießen und dann über meine Wangen laufen. Durch die Sommersprossen in meinem Gesicht fallen sie aber niemandem auf.

Über Mama wird nicht mehr geredet. Und wir dürfen sie nicht mehr erwähnen, das würde ihn zu sehr aufregen.

Ich bin so traurig! Meine Mama ist weg! Ich möchte weinen, möchte fragen, möchte Antworten. Ich möchte getröstet und fest in den Arm genommen werden. Aber trauern, trösten, offene Gespräche, Sorgen und Ängste aussprechen – das hat es in dieser Familie leider nie gegeben.

Und nicht nur, dass Andreas und ich jetzt allein mit unserem Vater sind, zudem bin ich als Mädchen allein mit diesen beiden Männern. Der eine hat keine Zeit, keinen Nerv und vor allem kein Interesse. Und Andreas traut mir nichts zu und die kleine, nervige Schwester ist ihm stets im Weg. Mein Bruder ist so anders als ich und zudem wird er meinem Vater in der Art irgendwie immer ähnlicher.

Ihnen gefällt das traditionsbewusste Leben im Dorf und sie leben dies auch gerne intensiv aus. Beide passen – stoffelig, mürrisch und wortkarg wie sie sind – auch dorthin. Von Gesprächen oder Gefühlen halten sie nichts. Mal was Nettes sagen: »Ich hab dich lieb« oder einen in den Arm nehmen, dazu meint mein Vater: »Das braucht es nicht!« Und Andreas findet so etwas nur peinlich. Das hatte ja auch immer Mama übernommen.

Ich frage mich, wie ich es hier nur aushalten soll. Und ich bin froh, dass nicht weit von uns zwei Freundinnen wohnen, Manja und Lina. Bei ihnen zu Hause finde ich stets ein offenes Ohr und einen friedlichen Platz, sie machen das Leben für mich erst lebenswert. Wir drei sind mittlerweile dicke Freundinnen geworden. Aber natürlich haben wir auch genauso dicke Flausen im Kopf ...

Lektion: Kann Freundschaft das Herzstück Familienliebe ersetzen?

Ich möchte mein Zimmer cool aufpeppen, immerhin bin ich gerade fünfzehn geworden. Dafür besorge ich mir vom nahe liegenden Schrottplatz eine ausrangierte, knallrote Autotür. Mit Manja und Lina zusammen kann ich sie nach Hause schaffen.

Dort findet sie an die Wand gelehnt ihren Platz in meinem Zimmer. Aufgeräumt wie gewünscht hängen jetzt meine Jeans in ihrem leeren Fenster. Direkt daneben stelle ich meine eigene lilafarbene Kaffeemaschine. Voilà!

Als Andreas das sieht, ist sein Kommentar: »Das ist ja richtig hässlich! Du spinnst doch! Hoffentlich sieht Vater das nicht.«

Bis mein Vater in mein Zimmer geht und das Arrangement sieht – und vielleicht ausflippt –, wird es dauern. Er straft mich in der Regel mit Nichtbeachtung. Ich bin ihm, scheint mir, total egal. Im Alltag wird zwischen uns kein Wort gewechselt. Warum, weiß ich nicht. Andreas schweigt er nicht so extrem an.

Das Desinteresse, die herrschende Kälte und das permanente »laute« Schweigen erdrücken mich. Einmal bin ich zu ihm gegangen und habe gefragt: »Was ist denn los? Bitte rede mit mir!«, flehte ich ihn an. Lieber sollte er mir eine Ohrfeige geben, für was auch immer. Aber dann wäre es endlich gut.

Seine Antwort war jedoch nur: »Ach, das hat doch eh keinen Sinn mit dir!« Diese Abkanzelung wurde noch untermalt von einer abwertenden Handbewegung. Darauf folgte wieder diese erdrückende, unangenehme Stille.

Der Klang dieser Stille hört sich für mich an wie: »Du interessierst mich nicht.«

Jeden Tag, wenn die Hausaufgabe gemacht ist, treffen Manja, Lina und ich uns, um brennende Neuigkeiten auszutauschen, Pläne zu schmieden und gemeinsam eine entspannte Zeit zu verbringen.

»Na, alles in Butter bei euch?«, werfe ich locker in die Runde.

Lina meint daraufhin: »Jeder unserer Kameraden düst im Moment mit einem Mofa herum, nur wir nicht. Da müssen wir doch mithalten. Was könnten wir da tun?«

Manja winkt energisch ab. »Oh nein, du immer mit deinen Schnapsideen. Lass mal, ich würde mich das sowieso nicht trauen«.

»Ich wäre schon dabei, aber ich brauche gar nicht erst versuchen, nach einem Mofaführerschein oder einem Mofa zu fragen. Mein Vater spricht kein Wort mit mir«, werfe ich ein und grüble zugleich nach weiteren Möglichkeiten.

»Wir könnten unser Taschengeld zusammenwerfen und versuchen, ein gebrauchtes Mofa aufzutreiben. Und wenn wir nur im Wald damit herumfahren, brauchen wir doch keinen Schein. Da sieht uns ja eh niemand«, schlägt Lina abenteuerlustig und mit einem verschmitzten Lächeln vor.

Eine gute Idee! Mit dem zusammengelegten Taschengeld können wir bald ein abgenutztes, aber noch funktionierendes Mofa auftreiben. Wir sprühen es lilafarben an und taufen es feierlich auf den Namen »Olga«.

Wir haben viel Spaß mit Olga. Wir nehmen eine Abkürzung durch den Wald zum Baden oder wagen auch mal eine Fahrt quer durchs Dorf und sitzen dabei zu zweit oder sogar zu dritt darauf. Wer zum Tanken in die Stadt fahren muss, wird ausgelost, da diejenige dann natürlich auch mit Helm und in voller Montur fahren muss, damit es nicht auffällt. Das Mofa stelle ich heimlich bei uns an der rückwärtigen Hauswand hinter einem Strauch unter.

Natürlich haben wir viel Unsinn im Kopf. Wir sind ja alle drei in der Pubertät. Und in dieser verrückten Lebensphase verdreht einem der Körper öfter mal den Kopf und bringt alles durcheinander.

Lektion:
Aus dem Nest gestoßen

Oh nein, Vicky! Das mit deinem Kissen tut mir so leid!«, meint Lina noch ganz verschlafen mit besorgtem Blick auf ihre Bettseite.

»Was ist denn damit passiert?«, frage ich verwundert und betrachte den großen schwarzen Brandfleck.

Gestern Abend haben wir beide uns bei mir zu Hause zu einem schönen Mädelsabend getroffen und sie hat spontan hier übernachtet. Wir haben lange gequasselt und ich bin darüber eingeschlafen. Lina hat jedoch keinen Schlaf gefunden und wollte noch in einer Zeitschrift blättern. Weil sie mich damit nicht hat stören wollen, hat sie ein Kissen über die Lampe neben meinem Bett gelegt. Die Lampe wurde heiß, dadurch ist das Kissen dann angekokelt und so ist der Brandfleck entstanden.

»Ich bin froh, dass du in der Nacht schnell gemerkt hast, dass es kokelt, und gleich reagieren konntest. So ist nicht mehr passiert. Das ist ja nur ein Kissen und man kann es einfach austauschen.«

Ups! Es ist schon spät. Wir müssen uns auf die Socken machen, der Schulbus kommt gleich. Ich werde mich später um das Kissen kümmern und lasse erst mal alles liegen.

Als ich am Abend heimkomme und aufräumen möchte, ist das Kissen weg. Kurze Zeit später steht mein Vater, mit dem angesengten Kissen in der Hand, wütend in meinem Zimmer.

»Drehst du jetzt völlig durch, Victoria? Wolltest du das Haus abfackeln?«, schreit er aufgebracht und fuchtelt damit wild durch die Luft.

Ich stammle ganz erschrocken: »Aber ich war das nicht! Das ist Lina passiert. Es war ein Versehen und sie wollte ganz sicher nicht das Haus abfackeln.«

»Und das soll ich dir glauben? Deine ach so tollen Freundinnen scheinen ja eh einen schlechten Einfluss auf dich zu haben. Schau dich mal in deinem Zimmer um!« Mit mittlerweile rot erhitztem Kopf wettert er: »Eine alte Autotür ins Zimmer stellen. Was soll das, Victoria?«

»Ich finde das schön! Und ich brauchte einen Platz für meine Hosen! Du hast doch selbst gesagt, dass ich sie aufräumen soll.« Und trotzig füge ich laut hinzu: »Außerdem ist das mein Zimmer!«

»Absoluten Schwachsinn redest du!«, poltert er. »Und dann auch noch dieses Mofa. Glaubst du, ich bin blind und bekomme das nicht mit? Das ist gefährlich und illegal, was ihr macht, und deswegen ist es auch verboten!«, zischt er mich an.

Ich kann nicht damit umgehen, so angeschrien zu werden, und weine leise vor mich hin. »Wir haben einfach nur Spaß damit«, schluchze ich mit Blick zum Boden. Durch die Aufregung habe ich klatschnasse Hände und reibe sie nervös an meinen Oberschenkeln ab.

Mein Vater steht wie ein Stier direkt vor mir und blickt mich zornig an. »Du bist nichts und du kannst nichts. Du hast nur Dummheiten im Kopf und jetzt wolltest du auch noch das Haus abfackeln. Du bist genauso blöd wie deine Mutter! Ich habe die Schnauze voll von dir! Hau ab!«, schmettert er mir, mitsamt dem Kissen, vor die Füße.

Ich erstarre und stottere fassungslos: »Was meinst du damit?«

»Geh! Mir egal, wohin, aber geh!«, brüllt er und zeigt mit dem Finger zur Tür.

»Du willst, dass ich weggehe? Jetzt? Wo soll ich denn hin?«, entgegne ich aufgelöst.

Schon die Klinke in der Hand, dreht er sich ein letztes Mal zu mir um: »Ich habe gesagt, dass es mir egal ist. Aber du gehst jetzt!« Und damit rauscht er aus meinem Zimmer und schlägt krachend die Tür hinter sich zu.

Ich setze mich weinend und schockiert aufs Bett, um mich zu sammeln. Aufgeregt und hektisch drehe ich panisch den Ring an meinem Finger. Einmal, zweimal … es passiert nichts … Verdammt! Ich muss schnell überlegen, was ich jetzt tun kann.

Er hat mich wirklich vor die Tür gesetzt. Seine eigene Tochter. Ich kann es nicht glauben.

Mit zitternden Händen ziehe ich meinen Koffer unter dem Bett hervor, der dort immer verstaut ist. Wie ein Roboter werfe ich wichtige und unwichtige Sachen hinein – alles, was ich in der Aufregung erwische. Jeans, meine Kaffeetasse, T-Shirts, Pullis, meinen Teddy …

Ich verschließe den Koffer irgendwie, greife noch schnell nach meinem Schulrucksack und gehe mit dem Gepäck zur Tür. Dort halte ich kurz inne und warte einen Moment. Vielleicht kommt mein Vater ja noch einmal her und hat es sich anders überlegt. Doch nichts rührt sich.

Ich werfe mir meinen Rucksack über die Schulter, nehme den Koffer in die Hand und gehe durch die Haustür nach draußen, dann durchs Gartentürchen weiter auf den Gehweg. Es ist schon dunkel.

Und wohin jetzt, überlege ich verzweifelt, mit meinem Koffer auf dem Gehsteig stehend. Ich spüre, wie sich eine tiefe Angst und große Hilflosigkeit breitmachen. Ich bin ratlos und fühle mich mutterseelenallein! Mein Vater hat mich einfach vor die Tür gesetzt.

»Fühlt sich für mich an, wie eine durchtrennte Wurzel«, schmerzt es stechend in meinem Herzen.

Es ist wie ausgestorben hier. Es gibt nur die leere, einsame Straße, die ins dunkle Ungewisse führt. Sie wirkt wie ein finsterer Höhleneingang, mit einer undefinierten lauernden Gefahr am Ende. Mit einem tiefen Seufzer blicke ich ein letztes Mal auf das Haus und mache mich dann mit meinem Gepäck und der Last meiner Angst auf den tief hängenden Schultern auf den Weg ins Ungewisse. Im jetzt auch noch einsetzenden leichten Regen schlurfe ich planlos und schniefend die dunkle Dorfstraße entlang.

Ein entferntes Geräusch lässt mich den Kopf noch einmal leicht zur Seite anheben. Es ist das dumpfe Rauschen eines Autos, das langsam näher kommt, heller und lauter wird und sich dann wieder entfernt und schließlich verklingt. Es hätte ja mein Vater sein können, um mich doch noch aufzuhalten. Eine vergebliche Hoffnung! Ich bin nicht liebenswert für ihn. Und ich bin wohl nicht so, wie er mich hätte haben wollen. Scheinbar habe ich auch einiges falsch gemacht. Nur was? Das wurde mir von ihm ja nie erklärt. Ist das Familienliebe? Soll doch eigentlich das sichere Herzstück sein …

Wirre Gedanken gehen mir durch den Kopf. Ich frage mich, ob ich jetzt an einer Weggabelung in meinem Leben stehe. Habe ich es in der Hand, mein Leben überhaupt erst selbstständig zu leben? Wie soll das überhaupt gehen? Was ist denn eigentlich mein Traum vom Leben und was ist das Richtige für mich?

Was ist denn leben? Kann ich das überhaupt?

Ich werde jetzt erst mal zu Lina gehen, denn ich brauche einen Zufluchtsort für die Nacht und muss dringend mit jemand darüber reden, was passiert ist. Und vor allem muss ich überlegen, wie es jetzt weitergehen soll.

Dass ich gerade endgültig mein Zuhause verloren habe, ist mir zu diesem Zeitpunkt in seiner ganzen Tragweite noch nicht bewusst.

Kapitel 3

Lektion: Immer wenn du denkst, es geht nicht mehr ...

I mmer wenn du denkst, es geht nicht mehr, kommt von irgendwo ein Lichtlein her.« Das ist der Lieblingsspruch meiner Mutter. Zumindest habe ich ihn auf ihre Anregung hin immer in Freundschaftsbücher und Poesiealben eingetragen.

Laut diesem Vers soll ja in der Not, wenn man nicht weiterweiß, ein Lichtblick kommen. Demnach sollte ich doch eigentlich jetzt mal irgendetwas Leuchtendes sehen, denn ich weiß wirklich nicht mehr weiter. Und ich hoffe, das Licht lässt sich bald sehen oder zumindest mal ein Funke davon.

Meine Mutter hat eine relativ kleine Wohnung und zudem einen neuen festen Freund. »Schatz, meine Wohnung ist zu klein für uns alle. Du kannst hier nicht dauerhaft bleiben. Wir müssen eine eigene Wohnung für dich finden«, eröffnet sie mir und nickt dabei übertrieben auffordernd im Bemühen, damit zuversichtlich auf mich zu wirken. Wohl in der Hoffnung, mich wie ein schmeichlerischer Verkäufer so von ihrer Idee überzeugen zu können.

»Ich soll jetzt schon alleine wohnen?«, entgegne ich entsetzt, mit großen Augen und zweifelnden Falten auf der Stirn. »Ich bin doch gerade erst sechzehn geworden. Und außerdem verdiene ich nur mein winziges Lehrlingsgehalt, ich habe ja meine Ausbildung erst ganz frisch begonnen.« Frustriert und nervös drehe ich den Ring an meinem Finger und hoffe dabei wohl unbewusst auf eine magische Wirkung. »Du willst doch nur Platz für deinen Freund haben, dabei wohnt der gar nicht hier, und mein Bruder kommt auch nur selten vorbei«, meckere ich schnippisch.

»Ach komm schon, ich bürge einfach für dich, dann schaffen wir das schon irgendwie«, hält sie überzeugt an ihrem Plan fest.

Mittlerweile bin ich echt gekränkt. »WIR schaffen das? Du meinst ja wohl eher, dass ich das alleine schaffen muss.«

Man könnte meinen, ich verdiene es nicht, glücklich zu sein. Ich will doch nur ohne Sorgen leben und einfach so geliebt werden, wie ich bin. Was stimmt denn nicht mit mir, dass mich jeder loswerden will? Und das sollen meine Eltern sein? Was haben sie mir denn bisher beigebracht über und für das Leben? Alkohol, Streit, Gewalt, Angst, Desinteresse, Kälte und auch, dass ich scheinbar nichts wert bin. Wie weit werde ich damit wohl kommen in meinem Leben?

Ich muss jetzt schnell irgendwie erwachsen werden, auch wenn ich bisher offensichtlich nichts Brauchbares dafür lernen konnte. Jeder Teenager meint natürlich, schon alles zu können und alles zu wissen, aber wenn es dann darauf ankommt, haben wir doch noch keine Ahnung.

Was sind denn die »Grundlektionen« des Lebens, frage ich mich niedergeschlagen bei dem Gedanken, jetzt schon allein leben zu sollen. Ich beginne schließlich gerade erst, das Leben für mich zu entdecken. Selbstzweifel plagen mich. Ich glaube nicht, dass ich als »Lebenslehrling«, wie ich mich gerade selbst nenne, dazu schon fähig bin. Beim Nachdenken drehe ich unablässig an meinem Ring.

»Ich kann das doch sicher noch nicht. Und das auch noch mit so wenig Geld«, hadere ich mit mir selbst.

Erklärt mir mal jemand, wie das Leben zu leben funktioniert? Mal ehrlich, wer hat in meinem Alter schon eine Ahnung davon? Eine »Schule des Lebens« bräuchte es. Ein Schulfach darüber, wäre auch eine Idee. Um Autofahren zu lernen, gibt es das doch auch.

Wie und woher weiß man das denn? Weiß man es überhaupt irgendwann? Oder bekommt man automatisch, durchs »Älterwerden«, eine größer werdende, alles erstickende, irgendwann übernehmende Vernunft? Dazu noch gesammelte, erlebte Tiefschläge untergemischt. Und dadurch werden einem dann automatisch irgendwelche Flausen, naive Vorstellungen und rosafarbene Träume, ausgetrieben? Schade!

Wird man so dann irgendwann zu einem Lebenskünstler? Oder wie funktioniert das?

Aber es kam ja – zwar freundlich, aber dennoch deutlich – bei mir an, dass ich wohl keine Wahl habe. Ich muss schließlich irgendwo schlafen und brauche auch was zu essen.

Mein Bruder, der selbst schon in einem »soliden« Job arbeitet, lässt sich noch immer in Vaters Nest versorgen und scheint damit auch ganz zufrieden zu sein. Zumindest von der finanziellen Seite geht es ihm so wunderbar. Und schließlich bin ja ich ausgezogen, das daran »unschuldig Sein« und das »Unfreiwillige«, interessiert nicht. In seinen Augen habe ich ihn bewusst allein zurückgelassen. Und daher steht ihm seiner Meinung nach alleiniger Profit als eine gewisse Entschädigung zu.

Aber wir sehen uns, wenn überhaupt, nur zufällig, und auch dann vermeidet er es, mit mir zu reden. Mir scheint, dass ich ohne eigenes Verschulden zum schwarzen Schaf in dieser Familie gemacht werde. Ich unterscheide mich von den anderen scheinbar negativ.

Meine Mutter erfährt durch einen Bekannten von einer Einraumwohnung in einem ausgebauten Dachboden. Diesen soll ich für teures Geld bei einem alleinstehenden älteren Herrn anmieten. »Es ist teilmöbliert. Das ist praktisch, dann musst du erst mal nichts kaufen«, meint sie zufrieden.

Also packe ich meinen wenigen Krimskrams wieder zusammen. So ähnlich wie jetzt habe ich mich auch gefühlt, als mein Vater mir die Tür gewiesen hat. Und auch diese wirren Gedanken, die wieder in meinem Kopf auftauchen, kenne ich schon: Soll das jetzt mein Leben sein? Was ist denn eigentlich meine Vorstellung und wie soll ich meine Zukunft angehen? Was fühlt sich richtig an? Der dunkle Klang meiner Gedanken erschreckt mich! Eine »Glückspilzin« scheine ich ja irgendwie nicht zu sein.

Auf dem Weg zu meiner Einraumwohnung muss ich am Schlafzimmer und an der Toilette des älteren Herrn vorbei. Dabei versuche ich so flach wie möglich zu atmen, um den strengen Gerüchen zu entgehen. Die Möblierung besteht aus einem alten, braunen, wandausfüllenden, deckenhohen Wohnzimmerschrank mit passendem Bett dazu. Die kleine Einraumwohnung auf dem Dachboden ist nur durch eine einfache Tür mit eingesetzter, welliger Glasscheibe von der Wohnung des Besitzers abgetrennt.

Wie soll ich mich darin, allein im Haus mit einem unbekannten Mann, und direkt mit ihm daneben, wohlfühlen? Damit ich dort irgendwie ruhig schlafen kann, schiebe ich jede Nacht alles, was sich verschieben lässt, innen vor meine Tür. Ich habe Angst! Das Gefühl von Sicherheit und Aufgehobensein habe ich ja schon lange verloren.

Lektion:
... kommt von irgendwo ein Lichtlein her?

Es hat wirklich viele einschneidende Veränderungen für mich in der letzten Zeit gegeben. Das Vergangene hat sich mir gefühlt bis tief in die Knochen gegraben. Mit der zurückliegenden Aufregung erkläre ich mir zumindest mein ständiges Unwohlsein. Zudem bin ich immer unfassbar müde. Ich denke, am besten wäre es jetzt, wenn ich versuche, mich abzulenken, um zu allem etwas Abstand zu gewinnen. Das wird mir bestimmt helfen.

Beim Schlittschuhfahren mit den Arbeitskollegen falle ich oft hin. Die blauen Flecken davon sind nicht so schlimm, aber das fleckenweise, taube Gefühl in meinen Beinen verunsichert mich schon.

»Geh mal lieber zum Arzt«, rät mir mein Arbeitskollege, dem ich mich anvertraue, nachdem ihm mein unrunder Gang aufgefallen ist.

Dabei brauche ich doch endlich mal ein Licht in meiner Dunkelheit!

»Guten Morgen, Fräulein Wagner. Sie sind alleine gekommen?«

»Ja«, antworte ich zögerlich, als hätte man mich bei etwas Unrechtem ertappt.

»Sie sind noch sehr jung und normalerweise sind die Eltern bei solch einer Diagnosebesprechung dabei. Es steht auch in meinem Plan, dass wir Sie darüber informiert haben«, hakt die Arzthelferin nach und sieht mich streng über ihren von der Nase etwas runtergerutschten Brillenrand an.

»Meine Eltern müssen beide zur Arbeit«, flunkere ich.

»In Ordnung. Dann sollen Sie es aber zum nächsten Termin bitte einrichten. Für heute muss der Arzt entscheiden.«

Die Arzthelferin schiebt mich freundlich in ein Zimmer.

Wieso nächster Termin, überlege ich. Ich bin doch jetzt da.

Ich nehme an, dass ich im Arztzimmer gelandet bin, denn ein großer polierter Schreibtisch mit Computer, Unterlagen und diversen Untersuchungsinstrumenten und natürlich ein einladend wirkender Chefsessel befinden sich darin. Dahinter an der Wand sind Neontafeln angebracht, in die sich Untersuchungsbilder einklemmen lassen. Ein Bild ist an einer dieser unbeleuchteten Tafeln bereits befestigt.

Während ich beim Warten angespannt meinen Ring drehe, versuche ich neugierig, mit schmal zusammengekniffenen Augen, den Namen darauf zu entziffern. Aber der Stuhl, auf dem mich die Arzthelferin platziert hat, ist leider durch den großen Schreibtisch dazwischen, zu weit entfernt.

Ein Mann in einem, wie ich finde, für ihn viel zu großen weißen Kittel kommt schwungvoll ins Zimmer. Er wirkt etwas hektisch auf mich und ich stelle mir vor, wie er in seinem Kittel verschwindet und nur sein Kopf sich wie bei einer Schildkröte durch die zugeknöpfte Hülle nach draußen schiebt. Das nimmt mir ein bisschen meine Aufregung und lässt ihn für mich so auch etwas sympathischer wirken.

Der Arzt, der etwa so alt ist wie mein Vater, kommt mit

ausgestrecktem Arm freundlich auf mich zu und reicht mir die Hand.

»Guten Tag, Fräulein Wagner.«

»Hallo«, sage ich zurückhaltend leise.

»Ich habe schon gehört, dass Sie alleine zu diesem Termin heute gekommen sind.«

»Meine Eltern müssen arbeiten und ich bin doch schon alt genug. Ich schaffe das. Was ist denn bei den Untersuchungen herausgekommen?«, frage ich mutig, finde ich. Aber meine Stimme ist dabei ganz dünn und man hört, wie aufgeregt ich tatsächlich bin.

Mein Gegenüber wühlt in dem Stapel auf seinem Schreibtisch und zieht eine Mappe hervor. Allerdings zögert er, das Licht der Neontafel hinter sich anzuschalten, obwohl dort ja bereits ein Bild vorbereitet ist. Er hält inne und offensichtlich überlegt er, wobei er mehrmals mit zwei Fingern über seinen dünnen Oberlippenbart streicht. Dann gibt er sich einen Ruck. »Ich habe mir selbstverständlich Ihr Ergebnis im Vorfeld bereits angesehen, deswegen wurde Ihnen auch geraten, von Ihren Eltern zu diesem Termin begleitet zu werden. Das hat aber ja nun offensichtlich nicht geklappt. Dann gestalten wir das etwas anders heute. Natürlich verschreibe ich Ihnen jetzt Medikamente, damit Sie gleich mit der Therapie beginnen können und wir keine Zeit verlieren. Damit sollten sich Ihre Symptome schnell bessern. Zum ausführlichen Erläutern Ihrer Diagnose und zum Besprechen und Planen, wie wir zukünftig weiter verfahren, möchte ich Sie aber bitten, mit zumindest einem Elternteil zu einem neuen Termin noch einmal zu mir zu kommen.«

Er tippt etwas in seinen Computer. Daraufhin schaltet sich irgendwo hinter ihm ein Drucker an, aus dem er die ausgedruckten Rezepte zieht, die er anschließend schwungvoll unterzeichnet.

»Und Sie wollen mir jetzt nicht verraten, was ich habe?«, bohre ich nun mit einem etwas schnippischen Unterton nach. »Trauen Sie mir nicht zu, dass ich das verstehe?«

»Natürlich könnte ich Ihnen Ihre Diagnose sagen. Aber wenn ich morgen mit dem Flugzeug abstürzen würde, dann würde ich das heute nicht wissen wollen.«

»Was ... was bedeutet das?«, stammle ich. Mit diesem Satz kann ich wirklich nichts anfangen, ich weiß nicht, was er mir damit sagen will.

»Wollen Sie wirklich wissen, was Sie haben?« Mit hochgezogenen Augenbrauen sieht mich der Arzt fragend an.

»Na klar«, antworte ich schnell, versucht klar und unmittelbar darauf, als würde die Reaktion aus einem Automaten kommen.

Dabei rast mein Herz innerlich und ich versuche unauffällig, meine schweißnassen Hände an meinen Oberschenkeln abzureiben.

»Na gut, wenn Sie meinen! Es handelt sich um Encephalomyelitis disseminata.

Das haben Sie jetzt sicherlich nicht verstanden. Deshalb ja eben dann das ausführliche Gespräch mit Ihren Eltern. Inzwischen beginnen Sie bitte gleich mit der Einnahme der Medikamente, dadurch wird es Ihnen schon bald besser gehen. Wenn wir uns wiedersehen, werde ich wie gesagt alles detailliert erklären. Den nächsten Termin können Sie draußen vereinbaren, aber kommen Sie bitte unbedingt mit den Eltern. Ich wünsche Ihnen alles Gute, auf Wiedersehen. Und sollte etwas sein, dann melden Sie sich bitte sofort.« Er schüttelt mir die Hand, reicht mir die Zettel und geht mit mir zur Tür. Dann verschwindet er im nächsten Zimmer.

Was war das denn? Ich habe einen ganz trockenen Mund und in mir nur das laut schreiende Gefühl: Schnell weg hier! Wenn ich zu Hause wäre, dann würde ich jetzt wohl in mein Häuschen krabbeln. Ohne hinzusehen, husche ich zügig an der Anmeldung vorbei und schleiche durch die Tür nach draußen. Ziellos laufe ich durch die Straßen und versuche, das Gesagte irgendwie Revue passieren zu lassen. Aber ich fühle mich total leer und zu erschöpft zum Denken. In meinem Kopf tauchen nur vereinzelte Fetzen auf. Das lateinische Wort konnte ich mir überhaupt nicht merken. Ein Termin mit Eltern? Welche Eltern? Ah, hier ist eine Apotheke, da kann ich schon mal die Medikamente besorgen.

Ach, was soll's! Eltern, die mich beide auf jeweils ihre Art loswerden möchten, brauche ich bestimmt nicht zu fragen, ob sie mich zum Arzt begleiten. Das ist allein mein Problem. Vielleicht wollte der Arzt mir mit seinem lateinischen Wort nur zu verstehen geben, dass ich nichts weiß und nicht vorlaut sein soll oder mir mit seinem wichtigen Eltern-Getue auch einfach Angst machen, überlege ich.

Ich nehme die Medikamente und meine Beschwerden lassen tatsächlich schnell nach. Schon nach relativ kurzer Zeit ist alles erst mal wieder gut. Auf einer der Packungen steht was von Vitaminen, dann kann es doch eigentlich gar nicht so schlimm sein. Weil meine aufgezwungene Freiheit leider auch bedeutet, dass ich nicht immer genug Vernünftiges zu essen habe, finde ich es erklärlich, dass der Arzt mir Vitamine verschrieben hat. Zwar weiß ich nicht, welche Aufgabe Vitamin B konkret haben soll und wie er das mit dem unzureichenden Essen wissen konnte, aber das ist auch nicht so wichtig, denn im Moment geht es mir ja wieder besser.

Zu einem anderen Zeitpunkt werde ich dort natürlich noch einmal nachfragen, und dann hat der Arzt das mit den Eltern vielleicht auch einfach »vergessen«.

Kapitel 4

Lektion: Achte stets auf den neben dir, ob Mensch oder Tier und sei du selbst das Licht in der Dunkelheit

Sich gegenseitig helfen ist elementar. Dem Nächsten helfen kann man immer und jeder.

Heute besucht mich Lina und ich freue mich riesig. Wir können reden, Quatsch machen und einfach eine gute Zeit haben. Sie kommt mit dem Zug und hat eine große Tasche für mich dabei, die vollgepackt ist mit Essen aus der Speisekammer ihrer Mutter und anderen Sachen, die ich gut gebrauchen kann. Lina hört mir zu, tröstet mich, macht mir Mut und übernachtet bei mir, so oft sie kann. Ich bin so froh, dass es sie gibt.

Da ich frustriert bin, spricht sie mir Mut zu. »Vicky, du bist jetzt schon so weit gekommen. Sei doch froh, dass du da jetzt weg bist. Das Schwierigste hast du damit eigentlich schon geschafft. Du solltest nicht mehr zurückblicken, sondern nach vorne schauen. Mensch, ich glaube, ich wäre auch gern bald weg von daheim. Du kannst schließlich einfach machen, was, wann und solange du willst! Und ich helfe dir, wo immer ich kann.«

Auch die Mutter einer Arbeitskollegin packt mir immer wieder mal einen »Fresskorb« mit verschiedenen Nahrungsmitteln, jemand anderes überlässt mir Geschirr. Lina räumt oft die Speisekammer ihrer Mutter für mich aus und wenn wir durch Cafés streifen, landet dort schon mal eine Rolle Toilettenpapier in unserer Tasche, »aus Versehen« natürlich. Denn selbst das gehört ja zu den Luxusartikeln, habe ich festgestellt.

Auch eine schon etwas ältere, sehr liebe Arbeitskollegin gibt mir in der Firmenkantine einfach etwas zu essen aus, wenn sie meinen hungrigen Blick sieht, ohne viele Worte darüber zu verlieren.

Und selbst der Personalchef, der natürlich einiges am Rande mitbekommt, bietet mir Möbelstücke an, die er gerade sowieso ausräumt. Ich darf mir aussuchen, was ich davon vielleicht brauchen kann.

Das alles hilft mir natürlich unglaublich, aber es ist mir oft auch wirklich unangenehm. Meine Eltern schieben mich weg. Der eine, weil er ganz offensichtlich mit anderen Menschen – oder vielleicht auch nur mit dem weiblichen Geschlecht – nicht umgehen kann. Und die andere, weil sie nur an sich und ihren neuen Spezi denkt.

Wohl haben die beiden mir einen schweren Rucksack fürs Leben gepackt, jedoch ist darin nicht viel zu finden, was hilfreich wäre – ganz im Gegenteil.

Häufig habe ich nicht mal genug zu essen und ich kann nur versuchen, die vielen Dinge, von denen ich keine Ahnung habe, irgendwie unter Kontrolle zu kriegen.

Ich lebe sicherlich nicht auf großem Fuß, das kann ich ja gar nicht. Trotzdem hat man mich bei meiner Bank jetzt darauf hingewiesen, dass ich den Gürtel enger schnallen solle, es sehe nicht gut aus auf meinem Konto.

So kann und will ich nicht weitermachen. Ich habe echt

die Nase voll und bin entschlossen, mich auf den Weg zu machen. Die jetzige Situation muss ich irgendwie als Chance sehen. Ich will einen Neustart und die Vergangenheit hinter mir lassen. Ich will das jetzt anders und besser für mich. Ich versuche, all meinen Mut zusammenzunehmen.

Ständig denke ich darüber nach, was sich ändern muss und wie mein Weg aussehen könnte. Und dann fällt mir ein, wie ich es in meinem Häuschen immer gemacht habe. Hat da ja auch stets funktioniert. Und das ist eine Erfahrung, die damals immer funktioniert hat und auf die ich jetzt zurückgreifen kann.

Positive Gedanken sind der Beginn meiner ausgemalten, mir gewünschten Realität. Also schiebe ich alle dunklen Gedanken weg und tausche sie in sonnige.

Mit positiven Gedanken, meiner Fantasie und meiner glasklaren, genauen Vorstellung, wo es hingehen soll. Einfach weiter.

Das sind die Baumeister meiner wunderbaren Ziele. Ich bin guter Dinge. Warum sollte es nicht klappen? Mut und Hoffnung habe ich. Liebe zur Unterstützung wäre natürlich noch besser, aber wenn ich sie nicht von den Eltern bekomme, wird sie mir auf meinem Weg vielleicht von anderer Seite begegnen.

Lektion:
Auf geradem oder ungeradem Weg – bleibe du selbst

Im Gegensatz zu meinem Bruder bin ich auf einem ziemlich ungeraden Weg unterwegs. Bei mir ist alles beschwerlich, während es bei Andreas immer so einfach zu sein scheint.

Wo, oder wer, oder überhaupt, lenkt das? Liegt es an den gegebenen, unterschiedlichen Lebenssituationen? An den unterschiedlichen Menschen? An den verschiedenen Charakteren?

Meine Mutter erzählt mir, dass Andreas im Dorf eine Freundin gefunden hat. Na, das war ja klar! Aus seiner komfortablen Situation heraus ist natürlich alles leichter oder zumindest entspannter. Im Dorf gibt es eigene Regeln und oft wird gemeinschaftlich »ausgesucht«, wer zu jemandem passen würde. Wenn ich versuche, meinen Bruder aus meiner persönlichen Sicht zu beschreiben, würde ich sagen: stur, unflexibel, wenig soziale gesellschaftliche Stärken, wortkarg und Leidenschaft hauptsächlich für Fußball. Deshalb finde ich, ist das für ihn wohl auch ganz gut so. Er geht den »geraderen« Weg und hat trotzdem die für ihn dazu nötigen offenen Türen.

Manchmal tanze ich selbstvergessen in meiner Wohnung. Das hilft mir beim Nachdenken, um für mich zu erkennen und zu beschließen, wie es weitergehen könnte. Vielleicht würde sich etwas ändern, wenn ich mich einfach noch mehr anstrenge? Ich erkenne, dass ich jetzt an einer Weggabelung stehe. Ich habe es in der Hand, etwas zu ändern!

Ich schließe meine Ausbildung ab, jobbe in der Fabrik und nebenbei im Café, um mehr Geld zu haben. Und zusätzlich studiere ich abends. Ich will versuchen, durch eigene Kraft irgendwann in eine angenehmere Lebenssituation zu kommen.

Wie hätte denn auch etwas anderes aus mir werden sollen?

Marketing und Werbung habe ich für mich entdeckt. Das interessiert mich sehr und spricht meine Neigungen an. Komischerweise bin ich durch ein Gesellschaftsspiel und einen mir zufällig in einer Zeitschrift ins Auge gefallenen Artikel darauf gekommen. Und das, obwohl selbst mal eine Zeitschrift lesen bei mir schon unter Zufall fällt.

Ich bestimme den Weg und ich habe immer die Wahl, ob in der Gegenwart oder in der Zukunft. Es gibt jetzt keine falschen Entscheidungen, die Hauptsache ist, überhaupt eine zu treffen. Ich erkenne jetzt so ganz langsam, was Leben vielleicht wirklich heißt. Und dass ich es selbst in der Hand habe, mein Leben zu gestalten. Schritt für Schritt wende ich mich meinem wirklichen Leben zu. Es ruft mich!

Lektion:
Das abstürzende
Flugzeug

In einem anderen Land ganz in unserer Nähe herrscht gerade Krieg wegen einer gewünschten staatlichen Unabhängigkeit. Beim Bedienen im Café lerne ich jemanden kennen, der dringend benötigte Dinge wie Medizin, Nahrungsmittel, Kleidung, Spielsachen usw. dorthin bringen möchte.

»Ich und die Menschen dort könnten gut bei dieser Aktion Unterstützung gebrauchen«, schlägt er mir mit einem fragenden, einladenden Augenzwinkern vor.

»Bei der Organisation, der Umsetzung, der Fahrt und natürlich auch bei der Verteilung vor Ort werden dringend noch helfende Hände gebraucht.«

Selbstverständlich bin ich dabei! So weit weg ist es ja nicht. Und wenn alles gut geplant und bedacht wird, kann man auch mit den möglichen Gefahren vor Ort »umgehen«. Es ist eine Chance, Gutes zu tun und wirklich zu helfen.

Erst mal hängen wir im Café einen Spendenaufruf aus. Wir können so vieles brauchen, angefangen von »A« wie Anorak bis »Z« wie Zahncreme. Was Menschen für andere dort übrig haben oder geben möchten. Jeder kann helfen!

Irgendwann sind alle Sachen besorgt und in zwei Bussen verpackt. Es kann losgehen. Einen Bus fährt der Bekannte aus dem Café und den anderen steuere ich. Adressen und

Kontakte vor Ort haben wir durch die Ärzte und Behörden erhalten. Ganz wichtig sind auch die Unterlagen für den Grenzübergang. Es ist alles vorbereitet und wir werden vor Ort erwartet.

Eine erste Station, die wir anfahren, ist ein Waisenhaus. Während die mitgebrachten benötigten Dinge und Spenden ausgeladen werden, stehe ich mit einem Beutel voller Süßigkeiten und kleinen Spielsachen aller Art in einer schnell wachsenden Kinderschar. In diesem entsetzlich trüben Grau verteile ich etwas bunte Freude. Aufgeregt strecken sie mir in einer schnell entstehenden Schlange gierig mit großen Augen ihre Händchen entgegen. Das Ergatterte stecken sie in Mund und Taschen, um sich dann gleich noch einmal hinten anzustellen. Mit ihren teilweise verschmutzten Wangen und durch den dunkleren Teint und Haar der südlichen Gegend erinnern sie mich an einen Haufen süßer Schoko-Tröpfchen. Für einen Moment vergessen sie ihr Umfeld und sehen mich mit leuchtenden Augen an. Diese Blicke werde ich sicher nie vergessen.

Es ist ein schönes Land hier, aber leider sind derzeit überall bewaffnete Soldaten anzutreffen, die wie Mücken ums Essen verteilt sind. Wir werden uns nur wenige Tage aufhalten, denn es ist trotz aller Vorsichtsmaßnahmen ja gefährlich. Wir sind achtsam bei allen unseren Schritten. Unser Plan ist, alles zügig abzuliefern und dann rasch wieder zurück nach Hause zu fahren: ein Tag hin, drei Tage verteilen und einen Tag wieder zurück.

Ein Ortsansässiger hatte von unserem Kommen erfahren und darum gebeten, auch für ihn ganz bestimmte Medikamente mitzubringen, die er aufgrund des herrschenden Krieges gerade nicht bekommen kann. Der Mann kann sich nur noch unter Schwierigkeiten fortbewegen. Mit den mitgebrachten Medikamenten können wir ihm nun Linderung verschaffen. Seine mir unbekannte Krankheit nennt sich Multiple Sklerose. Nachdem wir alle unsere geplanten Stationen besucht haben, treffen wir ihn am vereinbarten Ort. Er kann kaum laufen und muss sich an Stöcken mühsam voranschleppen. Während er sich Schutz und Halt suchend an einen großen Stein lehnt, blicken mich seine angestrengten, erschöpften Augen bei der Übergabe der Medikamente demütig an. Mit seinem Blick ist alles gesagt. Diese Situation und seine dankbaren Augen berühren mich tief.

Was ich zu diesem Zeitpunkt noch nicht weiß: Schon bald sollte ich seine Lage aufgrund persönlicher Erfahrung sehr gut verstehen.

Zurück zu Hause hält mich das Studium ganz schön auf Trab, da es abends und nebenher stattfindet. Und parallel habe ich mich auch schon für einen Arbeitsplatz beworben.

Trotzdem hallen die Emotionen und die erlebten Momente mit den Menschen dort im Kriegsgebiet lange nach. Die in meinen Kopf und in mein Herz geschriebenen Geschichten werde ich nicht vergessen.

Kapitel 5

Lektion:
Wer bin ich?

Endlich bin ich in eine nette kleine Wohnung umgezogen und möchte nun einen Traumjob in dem Bereich, den ich studiere, ergattern. Wieder durch einen Zufall ist mir die Stellenanzeige einer in der Branche gefragten Firma aufgefallen.

Durch die ganzen Umstände habe ich inzwischen eine ganz passable Figur. Noch etwas schick gemacht und Schmuck angelegt. Nicht viel, wichtig ist ja nur: mindestens ein Ring. So kann ich mich wohl sehen lassen.

Zwei auf mich ungemein freundlich und sympathisch wirkende Menschen, eine Dame und ein Herr mittleren Alters, heißen mich willkommen.

»Guten Morgen, Frau Wagner. Bitte setzen Sie sich!«

Übliche Fragen, gegenseitig Eindruck gewinnen, vorfühlen, ein bisschen kennenlernen. Und dann erklären die beiden: »Wir haben uns da für heute, zum möglichen besseren Rundum-Kennenlernen und um in der kurzen Zeit viel von: ›Wer-sind-Sie‹ zu erfahren, etwas überlegt ...«

Gewünscht ist ein in einem Vortrag präsentierter Lebenslauf über mich selbst ab dem sechsten Lebensjahr. Dargestellt an einem Flipchart in einer aufgemalten Kurve mit den jeweils dahinterstehenden Ereignissen. Man will wissen, ob es für mich dabei und danach im Leben hoch oder runter ging oder ob es stagnierte. Es geht also um meine »Lebenskurve«!

Puh! Auf so etwas kann man sich natürlich vorher nicht vorbereiten. Wobei der Inhalt selbst ja bekannt ist, denn man blickt schließlich auf das bisher Erlebte zurück. Aufgeregt und unter Strom ist man in solch einer Situation sowieso, aber ich muss jetzt obendrein improvisieren, um zu versuchen, meine bisherig »anders« verlaufende Lebenskurve möglichst gefällig darzustellen und sie vielleicht noch mit einer Schleife schön zu verpacken.

Als mir der Stift für das Flipchart gereicht wird, pocht mein Herz bis zum Hals und ich habe ganz feuchte Hände. Mein ausgetrockneter Mund bremst mich anfänglich beim Reden. Aber dann komme ich eigentlich ganz gut in Fahrt und mir fallen manche positiven Dinge in dem Moment ein, die etwas abseits des Kerns, der mein eigentliches Leben ausgemacht hat, stattgefunden haben.

Möglicherweise ist es ja wie bei einer Zugreise, denke ich. Der Zug selbst und wo er herkommt, interessiert gar nicht wirklich, sondern nur die Stationen oder Ufer auf der Reise. Ich erzähle zum Beispiel, dass ich in der zweiten Klasse erst unfassbar traurig gewesen bin, als meine damalige Lieblingslehrerin die Schule verlassen hat. Aber anschließend habe ich eine kurze »Brieffreundschaft« mit ihr gehabt, auf die ich sehr stolz gewesen bin. Na ja, ehrlich gesagt sind es nur zwei Briefe gewesen, scherze ich augenzwinkernd und mit einem Lächeln auf den Lippen.

Ebenso erwähne ich – als in der Lebenskurve steigendes Ereignis – die mir zugestreckten gierigen Händchen, der Schoko-Tröpfchen. Kinderhände im Kriegsgebiet. Oder wie ich mir, als ich mit der Abendschule angefangen habe, aufgeregt ein neues Federmäppchen und eine neue Schultasche ausgesucht und gekauft habe und mich dabei so nervös gefühlt habe wie als Kind vor der bevorstehenden Einschulung. Es läuft gar nicht so schlecht.

»Wir danken Ihnen für das Gespräch und werden uns bei Ihnen melden. Sie waren für uns die erste Kandidatin von zwanzig.«

Nach mir folgen also noch neunzehn weitere Vorstellungsgespräche. Ob sie sich danach noch so gut an mich werden erinnern können, bezweifele ich. Da müsste der erste Eindruck schon richtig gesessen und gleich überzeugt haben. Nun, es wird sich zeigen, ob ich die wirklich erlebten Umstände in meiner Improvisation schön genug verpacken und damit beeindrucken konnte. Ich würde die Stelle schon sehr gerne bekommen.

Aber auch diese Tür sollte sich für mich wohl öffnen! Eine »andere Welt« darzustellen, war nicht wichtig, sondern wichtig einfach nur, ich selbst zu sein.

Ich darf den Sprung ins kalte Wasser wagen, in die Marktforschung und in die Analyse der Märkte und der darin regierenden Unternehmen. Ich bin sicher, der Job ist spannend und kreativ, und ich freue mich sehr.

Natürlich leide ich manchmal an meiner Vergangenheit und den mit ihr verbundenen Emotionen, und daraus resultiert auch mein großes Bedürfnis nach Anerkennung. Wenn ich in meinem neuen Job mal denke, dass ich nichts kann oder unsicher bin, dann arbeite ich einfach viel. Häufig viel zu viel. Ich gebe alles, um das Gefühl, nicht zu genügen, irgendwie auszugleichen und wieder loszuwerden. Ich strebe in allem immer nach dem für mich perfekten Ergebnis. Dabei kontrolliere und überprüfe ich mich bei jedem einzelnen Schritt, bis ich dort angelangt bin, wo ich mit mir zufrieden bin. Daheim lenke ich mich dagegen mit interessanten Dingen ab, die mich in eine andere Welt entführen. Gerade vergnüge ich mich mit meinem neuen Buch: »Feng Shui richtig anwenden«.

Ich komme gut klar und beruflich finde ich meine Erfüllung. Es ist eine facettenreiche Tätigkeit, die mir unglaublich Spaß macht. Und zudem hier auch noch verpackt ist mit vielen freundlichen, lieben Leuten zusammen. Nach einer gewissen Zeit bin ich fester Bestandteil des Teams, aber mit eigenen Aufgaben. Hier erfahre ich Wertschätzung und Anerkennung.

Für das, was ich und wie ich bin. Und es sieht so aus, als hätte ich meinen Platz gefunden.

Außerdem lerne ich neue Menschen kennen, woraus sich manche tiefe Freundschaft entwickelt.

Janett zum Beispiel, eine kleine, feurige, quirlige, intelligente, lebenslustige und lebensbejahende Frau, die immer auf der Suche nach einem Abenteuer ist und die mit einem durch dick und dünn geht. Oder Christian, ein unfassbar schlauer Mann mit einem außergewöhnlichen Humor, zum Niederknien lustig, der stets am Besonderen und Außergewöhnlichen interessiert ist. Der unserer Welt mit ihren wunderschönen Ecken offen begegnet und auf den man sich stets verlassen kann.

Lektion:
Am richtigen Platz zur rechten Zeit

Ich habe beim Arzt zügig einen Termin bekommen, sogar ganz ohne empfohlene Elternbegleitung. Diesmal wirkt er zwar sehr seriös und kompetent auf mich, aber irgendwie auch ein bisschen betreten. So, als würde ihm diese Situation auch persönlich leidtun.

Er erklärt mir seinen damaligen mir gegenüber geäußerten Satz: »Wenn ich morgen mit dem Flugzeug abstürzen würde, dann würde ich das heute nicht wissen wollen.« Und natürlich auch alles, was damit zusammenhängt.

Er habe das natürlich keinesfalls wörtlich gemeint, sondern eher versuchen wollen, mich angesichts meines Alters einfach noch unbelastet zu lassen. Nach dem Motto: »Was ich nicht weiß, macht mich nicht heiß.«

Allerdings hat das Ganze einen durchaus ernsten Hintergrund. Es geht um eine Krankheit, deren mögliche Auswirkungen mir – scheinbar als Hinweis – bei meinem Aufenthalt im Kriegsgebiet vorgeführt wurden. Diese Begegnung mit dem gehbehinderten Einheimischen hat offenbar eine Bedeutung gehabt. Vielleicht, damit ich darauf vorbereitet bin, was mich erwarten könnte? Es scheint mir jedenfalls mehr zu sein als nur ein Zufall.

Nach dem Gespräch mit dem Arzt muss ich das alles erst mal setzen lassen, mich sortieren und über die Information nachdenken. Hat mich vielleicht auch der ganze vergangene Schlamassel im Elternhaus irgendwie krank gemacht?

Lektion: Eine glänzende Begegnung – mehr Schein als Sein

Mein Büro in der Firma wirkt durch die großen Fenster hell und freundlich. Ich sitze an meinem Schreibtisch, der – mit dem Rücken zur Wand und nach vorne die Tür im Blick – perfekt nach Feng Shui ausgerichtet ist. Perfekt für Erfolg, Kontakte, Anerkennung, Harmonie …

Die darauf positionierte Schreibtischleuchte leuchtet mir leider gerade heute halb das Gesicht aus. Wenn ich allerdings wirklich zur Tür sehen möchte, muss ich mich nach oben recken, um über die vor mir gestapelten Ordner spitzen zu können.

Mein Chef hat mir schon gesagt, dass jemand eingestellt wurde, und angekündigt, dass der neue Mitarbeiter sich im Lauf des Vormittags bei uns allen vorstellen werde. Ein eloquenter junger Mann, gerade fertig mit dem Studium und aus einer anderen Stadt hierher gezogen, würde gerne Teil unseres Teams werden.

Ich höre schon die ganze Zeit Gemurmel auf dem Gang und dazwischen kommt immer mal wieder ein überdrehtes, juchzendes, nervöses Gekicher durch. Das muss wohl an dem neuen Kollegen liegen, denke ich, der sich mit dem Chef an seiner Seite gerade in allen Zimmern vorstellt. Das dumpfe Murmeln hinter der Wand hört sich so an, als wären sie schon im Zimmer nebenan. Dann wäre meines das nächste.

Und dann klopft auch schon mein Chef, aufgedreht und schallend lachend, an meinen Türrahmen: »Nanu, Frau Wagner, verstecken Sie sich hinter Ihren Ordnern vor der Arbeit?«

Ich richte mich auf und luge über die Ordner, wobei mein Gesicht von der Schreibtischlampe halb angestrahlt wird. Ich sehe wohl ziemlich doof dabei aus, fast wie bei einem Verhör.

Die beiden stehen in meiner Tür und schon beim ersten Blick, den ich erhaschen kann, denke ich: Oh mein Gott! Hektisch stammle ich: »Hallo, guten Tag.« Ich fahre mir hastig durchs Haar, versuche nervös, noch den Büstenhalter in Form zu ziehen und mein Shirt gerade zu schieben, und hoffe, dass man mir meine spontane Aufregung im leicht erröteten Gesicht nicht ansieht. Lässig wirken und dabei hübsch aussehen, das wäre jetzt irgendwie schon toll ...

»Sie sind ja heute wieder ein Spaßvogel! Natürlich nicht vor der Arbeit – wenn, dann verstecke ich mich vor Ihnen«, scherze ich spontan zurück.

Alles an dem neuen Kollegen wirkt perfekt: nicht zu groß, aber auch nicht zu klein, schwarze Haare, gut gekleidet, umwerfendes Lächeln. Er sieht aus wie aus einem Magazin! Vicky, krieg dich in den Griff, fordere ich mich gedanklich auf.

Er kommt mit ausgestrecktem Arm auf mich zu: »Guten Tag. Ich würde mich gerne vorstellen. Mein Name ist Stefan Renz.«

Wumm!, schlägt es bei mir ein, und ein aufgeregtes flatterndes Kribbeln breitet sich in meinem Körper aus. Hitze steigt mir ins Gesicht. Und verdammt, wohin soll ich nur mit meinen feuchten Händen und der ins Gesicht fallenden Haarsträhne?

»Hallo, ich bin Victoria Wagner. Ich wünsche einen guten Start. Das ist ja quasi wie ein vorgezogenes Weihnachtsgeschenk, so kurz vor dem Fest«, stammle ich in meiner hektischen Verlegenheit unsinnig.

»Jetzt gerade in diesem Moment habe ich mein Geschenk zu Weihnachten wohl schon bekommen«, sagt er charmant und blickt mich dabei augenzwinkernd an.

Und da ist es wieder, dieses umwerfende Lächeln.

Bei der bald darauf folgenden Weihnachtsfeier der Firma findet jeder intuitiv den Platz neben dem anderen. Wir rutschen ziemlich eng aneinander und suchen den anderen einfach gerne zum Gespräch. Unter Schäkern und Flirten entsteht nach der Frage, ob er sich in der neuen Stadt denn schon zurechtfinde, er sei ja wegen des Jobs umgezogen, dann schon, nach einigem gegenseitigem »Süßhölzln«, Schmeicheln, Bauchpinseln, Flöten …, die erste Verabredung.

Wir treffen uns im Café und gehen später gemeinsam in ein Restaurant, das wir spontan während meiner kleinen Stadtführung aussuchen. Das Kerzenlicht auf dem Tisch wirft unsere Schatten an die Wand. Darin zu erkennen sind zwei Köpfe, die stundenlang turteln und angeregt reden. Dabei rücken sie immer enger zusammen und sind irgendwann unterhalb der Nasen miteinander verbunden. Ein wirklich schöner Abend, an dem am Ende ein verliebtes WIR entsteht.

Wir lernen uns immer besser und tiefer kennen.

Im Prinzip verbringen wir den ganzen Tag zusammen, zuerst tagsüber in der Firma und oft natürlich auch noch privat. Da aber jeder seinen eigenen Arbeitsbereich hat, gibt es nur wenig Schnittmenge, in der man vorsichtig miteinander sein müsste. Auch als Paar werden wir im Kollegenkreis demnach auch dort aufgenommen und akzeptiert.

Da uns das berufliche Weiterkommen beiden wichtig ist, ergänzen wir uns hierin ebenfalls gut. Für Stefan steht die Karriere allerdings noch deutlich stärker im Fokus. Aber wir haben in diesem Bereich immer Verständnis und ein offenes Ohr für den anderen.

Kapitel 6

Lektion:
Bleibe du selbst! Und zeige, wer du wirklich bist

E in schöner, romantischer Abend. Stefan und ich liegen gemeinsam in seinem Bett.

Sein Telefon klingelt. Hektisch und nervös wirkend krabbelt er aus dem Bett und wühlt nach seinem Telefon. Er huscht damit aus dem Zimmer und ich höre Gemurmel.

Ein paar Fetzen aus dem Gespräch kann ich trotzdem verstehen: »Piep, piep, piep ich hab dich lieb ...«

Was sagt man, oder besser gesagt frau, denn dazu?

Nachdem das Telefonat beendet ist, kommt er zurück und setzt sich zu mir auf den Bettrand, während ich aufrecht im Bett sitze, aufgewühlt meinen Ring drehe und auf seine Erklärung warte.

So stellt sich heraus, dass er dort, wo er herkommt, noch eine Beziehung mit einer anderen Frau hat!

Gut, natürlich war unsere Begegnung und das daraus entstandene WIR nicht geplant. Aber jetzt geht es ja schon eine Weile und da hätte er ruhig mal reden können – mit der anderen Frau und auch mit mir.

Er versichert mir, dass die Beziehung mit der anderen Frau so gut wie eingefroren sei, seit er mich kennengelernt hat. Und dass er nur noch nicht die passende Gelegenheit und den Mut für ein Gespräch mit ihr gefunden habe. Schließlich wohne sie ja weiter weg und sei nicht mal schnell ums Eck erreichbar.

Daraufhin klärt er wirklich zügig die Verhältnisse und macht reinen Tisch. Aber was wäre eigentlich gewesen, wenn ich die Sache nicht zufällig mitbekommen hätte? Süßholzraspeln kann er ja wirklich gut und bei seiner glänzenden, blendenden Erscheinung glaubt frau ihm auch erst mal alles.

Als er in die Firma gkommen ist, bin ich dort schon etabliert gewesen. Sollte er insgeheim darauf spekuliert haben, daraus einen Vorteil oder Nutzen zu ziehen? MANN erfährt so viel mehr vom »Dahinter« und hat auch gleich SIE als eine enge Kontaktperson an der Seite. Aber diesen Gedanken schiebe ich lieber weg. Oder sollte ich sein Verhalten als einen Hinweis deuten, dass so ein Mann wie er einer Frau nie allein »gehören« würde?

Macht er so was einmal, macht er es immer?

Natürlich will ich das nicht so sehen. Denn sicher liebt er mich ja. Da wird er sich darin sicher schon noch ändern.

Doch warum sollte er sich eigentlich ändern? Ich habe mich schließlich in ihn verliebt, so wie er ist. Nach so kurzer Zeit weiß man noch nicht, wie der andere wirklich tickt. Der andere ist einem noch »fremd« und ein bisschen wie ein Überraschungsei. Und jeder ist eben so, wie er ist.

Lektion:
Aus ein-sam ein
gemein-sam machen

E ine Beziehung zu führen, scheint das Normalste der
Welt zu sein. Kann jeder, macht jeder! Man begibt
sich, jedenfalls zu Beginn, bedenkenlos hinein. Wer das
nicht tut oder sich vielleicht sogar bewusst dagegen ent-
scheidet, ist komisch oder bekommt zumindest einen
schiefen Blick zugeworfen.

Aber eine gute Beziehung führen zu können, ist nicht
selbstverständlich, finde ich. Abgesehen davon ist das für
mich ein bislang völlig unbekanntes Terrain. Ich hatte in
dieser Hinsicht kein gutes Vorbild, eher im Gegenteil. Das,
was ich bei meinen Eltern miterlebt habe, kann keine Ge-
meinschaft sein, die ich für mich selbst haben möchte.

Eine gute, schöne und stabile Beziehung leben zu können, haben wir in der Regel nicht in die Wiege gelegt bekommen, sondern im Idealfall durch positive Beispiele von
klein auf gelernt, wie das geht. Und das hat bei meinen
Eltern nun mal überhaupt nicht funktioniert. Und durch
das »frühe Ausziehen« musste ich ja auch erst lernen, wie
»Leben leben« überhaupt geht.

Möglicherweise ist es dieses »Gesamtpaket« aus der
Vergangenheit, weshalb ich Schwierigkeiten mit dem Aufbau einer stabilen Partnerschaft habe. Natürlich empfinde
ich es als schön, eine Beziehung zu haben, aber es ist auch
anstrengend und mir irgendwie fremd.

Ich bin ständig misstrauisch und habe oft zwiefältige Gefühle und Angst vor Verletzung, auch wenn sie unbegründet ist, weil gar nichts ist. Vielleicht liegt das an den mit meinen Erinnerungen verbundenen Emotionen, die mich zwischendurch immer wieder mal einholen. Die trage ich in mir, und obwohl es mir zu diesem Zeitpunkt nicht wirklich bewusst ist, bin ich in meinen Gefühlen gefangen. Ich kann es nicht in Worte formulieren und daher finde ich kein richtiges Ventil.

»Warum weinst du, Spätzchen?«, fragt mich Stefan liebevoll, während er mir Tränen von meiner Wange wischt.

»Ich fühle mich traurig und weiß nicht mal, warum.« Die Tränen laufen einfach. Mit so einer Traurigkeit ohne Grund kann ich nicht umgehen.

Gerade erst habe ich gelernt, das Leben allein zu meistern. Jetzt finde ich es mindestens genauso schwierig, ja eher sogar noch schwieriger, mein Leben mit jemandem zu teilen. Jetzt sollte ich ja gerade erst mal lernen, es allein zu können. Demnach ist auch das »gemeinsam« quasi etwas, das man lernen muss. Aus diesem Grund finde ich es angebracht, dass ich mir Gedanken darüber mache, wie das geht: eine Beziehung führen.

Sicher macht man dabei grundsätzlich instinktiv ein gewisses »Vor-Bild« von den Eltern und lebt das dann erst einmal »nach«. Man kennt nichts anderes und meint, so müsse es sein. Aber aus der eigenen Lebenserfahrung entsteht auch ein eigenes Bild oder eine eigene Vorstellung. Zumal man erst während seiner Entwicklung feststellt, mit welchem Geschlecht man sich überhaupt eine Beziehung vorstellen könnte. Also verformt sich das »Vor-Bild« im Laufe der eigenen Entwicklung, wird gewürzt mit den persönlichen Werten und abgeschmeckt mit Prisen von individuellen Idealen. Und so sieht jede Beziehung im Ergebnis anders aus. Immerhin mischt man dabei verschiedene, individuelle Puzzleteile zu einem gemeinsamen Bild zusammen. Und daraus soll dann ein homogenes, schönes Ganzes entstehen.

Seit geraumer Zeit führen Stefan und ich ein ausgefülltes gemeinsames Leben, sodass wir uns nach geraumer Zeit auch eine gemeinsame Wohnung suchen wollen. Der Anlass dazu ist in erster Linie natürlich, dass wir uns richtig mögen und gerne zusammen sind, und dann hätten wir tatsächlich mehr entspannte Zeit miteinander.

Lektion: Gebrauchsanweisung für Beziehungen – aber bitte auch aufs Kleingedruckte achten

I rgendwie gibt es doch für jeden Mist eine Gebrauchs-anweisung.

Aber für was ist denn Leben?

Und wie geht das überhaupt?

Und wie ist es dann auch richtig?

Wie und was sind die »Grundlektionen« des Lebens?

Wie funktioniert das Leben leben?

Wie funktioniert eine Beziehung? …

Gibt's kein Nachschlagewerk.

Und natürlich für: »Wie führe ich eine gute und stabile Beziehung.«

Gibt es das auch nicht?

Dann versuche ich mal, mir das theoretisch auszumalen.

Vor geraumer Zeit habe ich in einer Zeitschrift im War-tezimmer etwas darüber gelesen. Ich versuche, mir die Tipps ins Gedächtnis zu rufen, und mische daraus meine persönliche, theoretische »Essenz« zusammen:

- Als Grundsubstanz braucht es Freundschaft, aber na-türlich eine, die was aushält … und das beinhaltet ja schon mal viel.

- Auf jeden Fall sollte man »Sinn für Humor« dazu mischen, am besten einen, wie man ihn selbst hat. Niemand will ja seine Zeit mit falschem Lachen verbringen. Und gemeinsam Spaß zu haben und lachen zu können, gehört für mich unbedingt dazu.
- Zusätzlich würde ich in meine Essenz Gelassenheit und die Fähigkeit, Humor auch in eigentlich nicht spaßigen Situationen zu haben, mit reinnehmen. Zum Beispiel bei Flugverspätungen, langen Autofahrten oder im Supermarkt ... Immer locker durchfedern, das finde ich wichtig.
- Eine ganz wesentliche Zutat ist Respekt für die Denkweise des anderen. Ein Partner ist ja zugleich irgendwie Karriere- und Lebensberater. Und wenn man nicht respektiert, wie er denkt, wird man ihm wenig vom Alltag erzählen wollen. Überhaupt wird man wohl seltener interessante Gedanken mit ihm teilen, wenn man an seiner Meinung nicht interessiert ist.
- Es sollte eine angemessene Anzahl von gemeinsamen Interessen, geteilten Aktivitäten und Vorlieben für dieselben Menschen vorhanden sein, sonst wird das, was das jeweilige »Ich« ausmacht, nach und nach eine immer kleinere Rolle spielen.
- Ganz essenziell sind Vertrauen und Sicherheit. Geheimnisse sind Gift für eine Beziehung. Sie trennen wie eine durchsichtige Wand voneinander. Und wer will mit einer Lüge leben oder mit der Sorge, etwas vor dem anderen verbergen zu müssen? Wo Geheimnisse sind, gibt es Misstrauen.
- Eine Prise »passende Chemie« kann nicht schaden. Es sollte sich leicht und natürlich anfühlen, die Wellenlänge muss stimmen. Bin ich mit jemandem unter-

wegs, bei dem das nicht so ist, strengt mich das schon nach kurzer Zeit an.

- So gehört auch »Akzeptanz für menschliche Fehler« in die Mischung. Jeder hat Makel, das gehört zum Menschsein dazu. Sie sind Teil der individuellen Persönlichkeit.
- Eine grundsätzlich gute Stimmung spielt ebenfalls mit. Und selbst wird man von nun an Teil dieser Stimmung sein. Darum sollte sich jeder bemühen. Schlechte Stimmung löst keine Probleme und ist langfristig nicht zielführend.
- Eine besonders wichtige Komponente ist natürlich, den Partner stets mit Respekt zu behandeln. Das bedeutet auch, die emotionale Bindung niemals abreißen zu lassen. Wer beispielsweise in einem Streit dazu neigt, den Partner mit Schweigen zu bestrafen, sollte dieses Verhalten hinterfragen und überdenken. Den Partner zu ignorieren, ist genauso schlimm, wie ihm eine Ohrfeige zu geben.
- Und da ich solches Schweigen ja von früher genau kenne, füge ich meiner persönlichen Essenz unbedingt noch eine große Portion von »Immer-miteinander-Reden« hinzu.

Es ist klar, dass kein Paar per se in allem zusammenpasst. Alle Menschen haben ja verschiedene Ansichten zu unterschiedlichen Dingen. Und jeder ist anders. Die Frage ist nur: Wie geht man damit um?

Bis zum Schluss bin ich nicht sicher, ob ich den großen Schritt in eine gemeinsame Wohnung wirklich wagen soll.

Aber ich finde, dass gemein-sam doch wesentlich schöner ist als ein-sam.

Lektion: Weiter nach Plan geradeaus

Andreas hat mich, mit einem Siegerlächeln im Gesicht, zu seiner Hochzeit eingeladen. Bei ihm läuft ja alles immer reibungslos und wie nach einem Standardplan. Verliebt, verlobt, verheiratet ... Aber wie weit kommt man eigentlich in seiner persönlichen Entwicklung, wenn es stets geradeaus und nach vorgegebenem Konzept geht?

Kapitel 7

Lektion: Erkenntnis – eine mögliche Täuschung?

Stefan und ich ziehen zusammen in eine schöne Wohnung in der Stadt, in der wir auch in einer Firma arbeiten, und haben dadurch jetzt mehr wertvolle Zeit miteinander. Wir haben einige gemeinsame Freunde, machen zusammen Urlaub und genießen eine schöne Zeit.

Stefan hat eine Vorgesetzte, die es ihm mit ihren Ansprüchen nicht leicht macht, und er fühlt sich an seiner Arbeitsstelle nicht mehr so wohl. Schnell bietet sich ihm auch etwas Neues an, sodass er nicht mehr lange aushalten muss.

Ich freue mich für ihn. »Lass uns doch ein großes Fest zu deinem runden Geburtstag machen«, schlage ich vor. »Dann feiern wir den neuen Job auch gleich mit.«

»Gute Idee, feiern wir groß und dann beides.«

Wir feiern dann ein großes Fest. Was er aber noch nicht weiß: Ich habe zudem ein ganz besonderes Geschenk für ihn, das ein zusätzlicher Grund zum Feiern ist. Er wird Vater!

Den positiven Schwangerschaftstest habe ich in eine Schachtel in Herzform verpackt, die bekommt er zusätzlich zu seinem Geburtstagsgeschenk. Ich bin schon ganz gespannt, was er dazu sagt. Wir waren uns nach dem Besuch in einer genetischen Sprechstunde und einer Umstellung der Verhütung einig: »Wenn es passiert, dann darf es auch passieren.«

Trotzdem ist man natürlich von den Socken, wenn es tatsächlich so weit ist. Ab diesem Zeitpunkt ändert sich ja nicht nur körperlich alles, sondern das ganze Leben wird sich ändern. Die Gefühle tanzen wie »außer sich« geratene und wild herumflatternde Schmetterlinge. Es rasen einem unzählige Gedanken durch den Kopf und zugleich unglaublich viele Gefühle durch den Körper. Ich saß im ersten Moment gleichzeitig weinend und lachend auf dem Sofa und drehte dabei meinen Ring!

Das Geschenk kommt an bei Stefan. Aber überschwänglich erfreut wirkt er nicht. »Vielleicht wird's ein Sohn«, meint er grinsend, aber eher gefühlsneutral.

Und natürlich feiern wir!

Ich hatte ja schon etwas Zeit, die Neuigkeit zu verdauen und mir darüber klar zu werden. Vielleicht braucht auch er diese Zeit erst noch. Alles verändert sich ständig. Wir verändern uns als Menschen; Dinge, die uns passieren, verändern uns. Unsere Situation verändert sich und ein Jobwechsel verändert. Neue Dynamiken entstehen und man kann und muss sich wohl auch immer wieder aufs Neue füreinander und für den gemeinsamen Lebensweg entscheiden. Noch sind die großen Veränderungen in unserem Leben nicht richtig greifbar, aber sie stehen schon in den Startlöchern …

Lektion:
Tiefpunkt der
Wertschätzung

Seit einiger Zeit arbeitet Stefan jetzt in der neuen Firma. Und ich finde, er ist etwas komisch. Irgendwie abweisend und distanziert. Ich merke, dass sich in unserer Beziehung etwas verändert. Ist das normal? Es fühlt sich für mich wie ein langsames Einfrieren an.

Mit seinen neuen Kollegen hat Stefan einen Betriebsausflug gemacht. Er erzählt, dass etliche Fotos aufgenommen wurden, von denen jeder Teilnehmer, der sie haben wollte, Abzüge bekommen hat.

»Oh prima!«, freue ich mich. «Die möchte ich gerne sehen, dann lerne auch ich deine neuen Kollegen mal kennen und kann mir besser vorstellen, mit wem du es den ganzen Tag so zu tun hast«, schlage ich ihm vor, selbst dabei nickend meiner Idee zustimmend. Währenddessen stelle ich auch für uns schon Gläser zum Zusammensitzen dazu auf den Tisch.

»Das passt mir jetzt nicht so«, rümpft er die Nase über meinen Vorschlag.

»Ach, komm schon!«, quengle ich und gieße ihm einen Schluck Wein ins Glas. Ich selbst bleibe bei Saft.

»Also gut«, gibt er nach. Er kramt in seiner Tasche nach einem schmalen Umschlag, zieht die Bilder heraus und setzt sich damit neben mich.

Es ist eine überschaubare Gruppe junger Leute zu sehen, größtenteils etwa in unserem Alter. Der Anteil von

Frauen und Männern ist ziemlich ausgeglichen. »Das ist das Team, mit dem ich direkt zusammenarbeite«, erklärt Stefan.

Alle hatten bei ihrem Ausflug sichtlich großen Spaß.

Ich blicke aufs nächste Bild und er meint nur kurz: »Das sind die beiden Chefs. So, das war's auch schon!«

»Aber da sind noch mehr Fotos. Ich will alle sehen!«, beharre ich. Doch was ich auf den weiteren Aufnahmen sehe, gefällt mir eher nicht so. Auf einem der Bilder ist Stefan mit einer seiner neuen Arbeitskolleginnen zu sehen. Beide sitzen eng nebeneinander, sein Arm liegt auf ihren Schultern. Das wirkt ganz schön vertraut für mich.

»Nur kurz zum Festhalten, es war ziemlich schauklig da«, wirft er nervös ein und versucht dabei, mir das Bild wegzuziehen.

Schauklig? Sie waren mit einem großen Schiff auf einem See unterwegs. Schlimmer finde ich allerdings die Blicke und ihre Hand auf seinem Bein. Sie schmachtet ihn mit ihren Blicken an, während er sie flirtend anlächelt.

»Hast du deinen Kollegen eigentlich erzählt, dass du Vater wirst?«, will ich wissen.

»Ich habe es kurz erwähnt. Aber ich will nicht, dass sie denken, ich wäre dann nicht so belastbar.«

Natürlich ist es schön, wenn er sich an seinem neuen Arbeitsplatz wohlfühlt. Aber will er nicht zu uns stehen? Klar bin ich da misstrauisch. Gerade jetzt, wo ein Kind kommt. Berechtigt?

Vielleicht sind ja auch die Hormone schuld. Wir werden Eltern. Ich muss an mir arbeiten, damit wir eine unbelastete Beziehung führen können. Es gilt, mögliche Ursachen für mein Misstrauen zu ergründen und Wege für ein liebevolles Miteinander finden.

Aber dennoch: Ein unbeschriebenes Blatt ist er halt

nicht. Wenn ich da an unseren Anfang zurückdenke ... war das nicht irgendwie ähnlich? Steckte damals doch eine gewisse Planung bei ihm dahinter? Vielleicht verfolgt er in seinem neuen Job jetzt wieder so einen Plan. Im Grunde genommen war unser Anfang auch so, nur waren die »Spielfiguren« einfach genau andersrum besetzt.

Wie war das noch mal in der Gebrauchsanweisung für Paare? Das »Kleingedruckte« in einer Beziehung, das man vorher nicht wirklich weiß, umfasst ja auch den Charakter, Stärken und Schwächen, Werte, Vertrauen und Verantwortung. Und es beinhaltet, keine Geheimnisse voreinander zu haben.

Ich möchte natürlich eine gleichberechtigte Beziehung aufrechterhalten, für uns und mit unserem Kind! Ich bin zwar schwanger, aber ich möchte nicht zickig oder gefühlsduselig erscheinen. Er hat gerade seinen Job gewechselt, das ist ja auch nicht so einfach. Da sollte ich dem Partner zuhören und vermeiden, in meinen Hormonphasen gemein oder persönlich zu werden. Ich will mich aber auch nicht defensiv verhalten. Ja, möglicherweise bin ich manchmal launisch. Die Hormone fahren schließlich gerade Achterbahn mit mir. Da müsste »Mann« doch eigentlich drüber lachen und freudig auf das Kommende gespannt sein.

Kommunikation braucht man im Leben wie die Luft zum Atmen. Aber was gute Kommunikation ausmacht, ist wohl ein ständiger Diskussionsgrund in einer Beziehung.

Darüber gibt es genug Witze nach dem Motto: »Ein Mann, ein Wort – eine Frau, ein Wörterbuch!« Aber stimmt das überhaupt? Ich habe aktuelle Zahlen darüber gefunden:

Im Durchschnitt sprechen Frauen 16215 und Männer 15669 Wörter am Tag. Der Unterschied im Redeverhalten ist also nur ein Klischee. Trotzdem bedeutet schlechte Kommunikation für viele Paare den Untergang.

Kapitel 8

Lektion: Der Irrtum führt den Beweis

Die Konflikte in mir selbst und mit Stefan spitzen sich zu. Ich suche das Gespräch mit ihm, um zu klären, was los ist. »Stefan, hättest du Zeit für mich? Ich möchte mit dir reden.« Nervös versuche ich, mir die Haare aus der Stirn zu pusten.

»Worüber denn?«, raunzt er genervt vom Sofa.

»Du bist so anders und so abweisend in der letzten Zeit. Und du wirkst auch nicht so, als würdest du dich für mich und das Kind interessieren. Dabei gibt es viel vorzubereiten, in unserem Liebesnest. Wir werden schließlich bald Eltern!« Ich schaue ihn erwartungsvoll an.

»Hm. Aber nur kurz, ich möchte mir noch was ansehen und außerdem bin ich müde«, meint er in reserviertem Ton.

»Dann sag doch einfach, was los ist«, bohre ich weiter.

»Ich weiß es auch nicht wirklich«, schnaubt er schulterzuckend.

Vorsichtig hake ich nach: »Ist da eine andere Frau?«

»Nö.« Sein Blick ist schon wieder auf den Fernseher gerichtet.

Ich bin so traurig darüber, dass er sich nicht freut. Aber erzwingen kann man das ja nicht. Ich denke, es wird sich bestimmt noch entwickeln, zumindest hoffe ich das. Vielleicht muss er sich in seiner neuen Firma noch einarbeiten und ist daher gestresst. Und nicht zu vergessen: Er wird zum ersten Mal Papa. Gegebenenfalls macht ihm das auch einfach Angst.

»Wahrscheinlich ist gerade alles ein bisschen viel für dich. Möglicherweise könnte es dir helfen, eine kleine Auszeit zu nehmen und einen Kurzurlaub zu machen, um zur Ruhe zu kommen und klare Gedanken fassen zu können«, schlage ich selbstlos vor. Auch wenn ich mir eigentlich viel mehr die Version »gemeinsam den Bauch streicheln und ihn beim Wachsen beobachten« wünsche.

»Super Idee!«, ruft er hellauf begeistert. Er hält kurz inne und überlegt. »Mensch, unser Freund Christian wollte doch ein paar Tage verreisen, vielleicht kann ich in dieser Zeit in seiner Wohnung unterschlüpfen.«

Gesagt, getan. Voller Elan zieht er seine Reisetasche hervor, tippt hastig Nachrichten ins Handy und beginnt zu packen.

Am nächsten Tag geht er nach einem flüchtigen Kuss und einem schnellen »Ich melde mich!« mit seiner Tasche aus der Tür.

Lektion: Nicht alles, was man verliert, ist auch ein Verlust

Bei jedem Geräusch im Treppenhaus gehen meine Augen und mein Herz zur Tür. Stets hoffe ich, dass Stefan wieder nach Hause kommt.

Mehrere Tage verstreichen. Ich weiß nichts von ihm. Er meldet sich nicht und er geht nicht an sein Telefon, wenn ich bei ihm anrufe.

Mit der Post kommt unsere Telefonrechnung und wie immer überfliege ich die aufgeführten Einzelnachweise. Ich stocke an Positionen, die mir komisch erscheinen, und halte den Zettel ungläubig direkt vor meine Augen, um es klar zu sehen. Schockiert lese ich von angeblich nachts zwischen ein und zwei Uhr geführten langen Telefonaten. Die Nummer ist mir unbekannt und aufgeregt suche ich sie in unserem Adressbuch, in das wir alle unsere Bekannten eingetragen haben. Vielleicht habe ich sie nur vergessen? Aber ich finde nichts.

Die Telefonrechnung auf meinem schon deutlich schwangeren Bauch abgelegt, sitze ich auf einem Stuhl, drehe meinen Ring und überlege, was ich jetzt tun soll.

Ruf doch die Nummer einfach an, dann weißt du es, du Angsthase, denke ich. Aber was soll ich dann sagen? Allein beim Gedanken daran breitet sich Nervosität in mir aus. Gleichzeitig empfinde ich Enttäuschung und eine gewisse

Verachtung Stefan gegenüber. Obwohl ich nichts Genaues weiß, außer dass laut unserem Telefondienstleister nächtliche Telefonate mit dieser Nummer stattgefunden haben sollen.

Ich wähle die Nummer und es meldet sich eine unbekannte Dame. Ich sage nichts, lege schnell wieder auf und notiere mir ihren Namen. Es ist nicht schwer herauszufinden, dass eine Frau mit diesem Namen in Stefans neuer Firma arbeitet. Und auch die private Adresse zu diesem Namen ist bald gefunden.

Zur Sicherheit nehme ich einen Freund mit zu meinem Besuch bei dieser Adresse. Ich bin jetzt im achten Schwangerschaftsmonat und möchte nichts riskieren. Direkt vor dem Haus sehen wir Stefans Auto parken. Wir stellen unseren Wagen ums Eck ab.

Mein Herz schlägt mir bis zum Hals. Dieser verantwortungslose Feigling hat sich, seit er zu unserer Tür raus ist, nicht mehr bei mir gemeldet. Und statt die Zeit zu nutzen, um sich Gedanken zu machen und zur Ruhe zu kommen, ist er gleich in ein anderes Nest gehüpft! Das ist so unsagbar feige und niederträchtig!

Die große Anzahl der Klingelschilder an der Tür verrät, dass hier viele Menschen wohnen. Ihr Name ist auch dabei. Aufgeregt schaue ich zu meinem Freund. »Soll ich wirklich klingeln? Du kommst doch mit?«

»Klar, mach! Ich begleite dich. Dann weißt du wenigstens endlich, was Sache ist.«

Mit zittriger Hand drücke ich den Klingelknopf. Ich bin nervös und habe natürlich Angst vor dem, was mich erwartet. Es dauert nicht lange, dann ertönt der Türöffner.

Im zweiten Stock müsste es sein. Die Treppen ziehen sich. Es fühlt sich an, als wäre ich auf dem Weg zum Henker. Und da steht sie! Es ist die Frau von dem Foto. Ich erkenne sie sofort. Langes braunes Haar, der Körper heute verpackt in einem sackähnlichen, schwarzen Jutekleid.

Oh nee, dafür?, schießt es mir abschätzig durch den Kopf, als ich sie so vor mir sehe. Christian, in dessen Wohnung Stefan während seiner »kurzen Pause« zunächst übernachtet hat, hat mir schon von diesen Haaren erzählt. Die hat er nach Stefans Aufenthalt an verschiedenen Stellen beim Saubermachen entdeckt. Er hat es sich dort also gleich von Beginn an »gut gehen« lassen.

Aufgebracht fahre ich die Frau an: »Ich bin die Lebensgefährtin von Stefan. Du weißt sicher, dass Stefan eigentlich zu mir gehört und dass ich schwanger bin? Du nimmst einem Kind gerade den Vater, du … du Flittchen! Wo ist er?« Vor Aufregung verschlucke ich mich fast an meinen Sätzen, die nur so aus mir heraussprudeln.

Im Hintergrund ist aufgeregtes Stimmengemurmel zu hören. Wir haben offenbar bei einem Treffen gestört. Die Frau verschwindet wortlos und kurz darauf steht Stefan an der Tür.

»Du elender Feigling!«, fauche ich ihn an. »Du verleugnest uns! Warum meldest du dich nicht? Du kannst mich, oder besser gesagt uns, doch nicht eben mal so alleine lassen! Wir werden Eltern! Das ist eine Aufgabe und ein Geschenk für uns beide! Du kannst das nicht einfach völlig ignorieren! Was soll denn nun werden?«

Er steht da, starrt mich an, und reibt sich nervös mit dem Handrücken über seine Nase. Dann sagt er distanziert und verstockt: »Das schaffst du schon.«

»Und das war es jetzt?« Ich bin fassungslos und breche in Tränen aus.

Mein Freund zieht mich weg. »Lass uns gehen, Vicky. Das macht hier keinen Sinn!«

Ich drehe mich noch einmal, für einen letzten Blick, zu Stefan um: »Du bist so ein feiger Mistkerl!«

Das ist jetzt wohl als deutlicher Schlussstrich zu verstehen, wenn auch auf eine miese und ehrlose Art. Er war glänzend, aber der Einzige, der sich darin gespiegelt hat, war er selbst. Und ich hatte zu lange die rosarote Brille auf. Stefan hat mir etwas vorgemacht und mir das Blaue vom Himmel erzählt.

Und die beste Gebrauchsanweisung, um eine gute, stabile Beziehung zu führen, müsste unterhalb auch noch viel »Kleingedrucktes« stehen haben. Über Charakter, Stärken, Werte, Vertrauen und Verantwortung.

Das Fenster meiner Hoffnung soll sich nach diesem Besuch wohl schließen.

Manchmal ist die Veränderung nicht das, was wir wollen, vielleicht aber das, was wir brauchen. Und manche Dinge im Leben sind nicht zum Bleiben bestimmt.

Aber nicht alles, was man verliert, ist auch ein Verlust, wenn man es genauer betrachtet. Zu Hause packe ich seine restlichen Sachen zusammen und wir verstreuen sie auf dem Parkplatz seiner Firma.

Lektion: Vertraue darauf, dass alles so kommt, wie es richtig ist

Auch wenn mir gerade das Herz gebrochen wurde, muss ich versuchen, Haltung zu bewahren, damit es dem Ungeborenen trotz meiner innerlich zerstörten Welt gut geht. Es gibt noch so viel zu tun, was mich zum Glück von meinen derzeit vorherrschenden Gefühlen wie Herzschmerz, Traurigkeit und Enttäuschung ablenkt. Ich versuche, mich auf die Zukunft zu konzentrieren. Dabei liegen noch einige Steine im Weg, aber es gibt manchmal auch geschmeidige Wellen, die mich wie von selbst vom einen zum nächsten weitertragen.

Mit meinem Arbeitgeber gibt es kein Problem. Sobald ich wieder kann, darf ich einige Stunden in der Woche im umstandslos für mich eingerichteten Homeoffice arbeiten. Nach Gesprächen in mehreren Beratungsstellen stellt sich heraus, dass mir auch als nicht verheiratete Mutter eine Zeit lang finanzielle Unterstützung durch den Erzeuger zusteht. Das ist erst ziemlich neu so geregelt. Eine günstigere Wohnung zu suchen, ist dagegen schwierig. Teilweise werde ich abgefertigt mit Absagen wie: »Nein, so was kommt mir nicht ins Haus!« So wird ein Umzug einstweilen zu einem ruhenden und in die Zukunft verschobenen Vorhaben. Der Geburtsvorbereitungskurs, bei dem ich uns angemeldet hatte, ist für Paare vorgesehen. Das tue ich mir mit

Rücksicht auf mein Seelenleben nicht an. Das Kind kommt auch ohne Kurs auf die Welt.

Ein Liebesnest, für uns beide, ist vorbereitet. Das Nest ist fertig.

Manja hat angeboten, dass ich mich jederzeit bei ihr melden darf, wenn es losgeht. Sie wird kommen und mich ins Krankenhaus begleiten. Und Christian wird uns dann im Doppelpack abholen.

So soll es geschehen!

Kapitel 9

Lektion:
Hoffnung und Liebe

Mila – ein Wunder von der Sonne geküsst.
Mir auszumalen, wie schön Mila ist, hat nicht mal meine positive Vorstellungskraft geschafft. Bezaubernde, wunderbare Mila! Ein 3450 Gramm schweres und 52 Zentimeter großes, von der Sonne geküsstes Wunder!

Wie kann man nur so verliebt sein? Als ich Mila nach der Geburt im Arm halte, flüstere ich ihr zu: »Ich verspreche dir, dass ich immer für dich da sein werde, alles für dich in meiner Macht Stehende tue, und ich werde dich nie allein lassen. Wir beide zusammen schaffen das auch ohne deinen Vater!«

Sie riecht so gut. Und sie ist so schön. Wenn sie neben mir liegt, lausche ich oft ihrem Atem und spüre ihr Herz schlagen. Ich bin froh, dass sie nach der ganzen Aufregung gesund zur Welt gekommen ist, und fühle eine unbeschreiblich tiefe Liebe. Mama zu sein, ist das Allerschönste auf der Welt.

Willkommen im Leben, mein schönes Wunder!

Lebe deinen Traum. Bleibe du selbst. Liebe dein Leben, und dein Leben wird dich lieben. Alles liegt in deiner Hand.

Ich wünsche dir Glück, Liebe und stets, dass sich in deinem Leben alles so fügt, wie du es dir wünschst. Das Leben ist ein Geschenk. Und ich wünsche dir, dass du die fabelhaften Möglichkeiten, die sich dir im Leben bieten, erkennst.

Wir haben eine ganz wunderbare gemeinsame Zeit. Auch wenn es manchmal nicht einfach ist, bin ich unendlich dankbar, sie erleben zu dürfen. Es ist zu jedem Zeitpunkt Liebe und eine ganz tiefe Verbundenheit zwischen uns.

Meine körperlichen Einschränkungen sind in unseren Alltag integriert und alles wird möglichst so angepasst, dass es für mich machbar ist. Phasenweise benutze ich Krücken zum Gehen. Deshalb hat Mila anfangs beim Laufenlernen gedacht, man muss schief laufen, und dann »solidarisch« versucht, mir dies nachzumachen. Oder sie hat, während ich für meine Hippotherapie auf dem Pferd war, dort auch reiten gelernt. So können wir selbst Therapien zu gemeinsamen Unternehmungen nutzen.

Auch ein Traum, von dem sie mir erzählt, gibt mir einen Hinweis, dass es ihr nicht nur äußerlich, sondern auch »innerlich« gut geht:

> »Ich bin auf Wolken gelaufen
> und von einer zur anderen gesprungen.
> Und wenn es zu weit war,
> hat mir der liebe Gott Flügel geschenkt.«

Lektion: Freundschaft ist unbezahlbar – Es gibt Freunde im Leben und Freunde fürs Leben

Freunde wie Lina, Manja, Janett, Christian oder Marie sind unbezahlbar, an der Seite zu haben. Menschen, die dir jederzeit, ohne zu überlegen, ihre Hand reichen und denen auch auffällt, wo du vielleicht eine Hand brauchst.

Ich bin meinen Freunden sehr dankbar, einfach nur, weil sie da sind. Denn was bitte ist schöner als die Gewissheit, ganz besondere Menschen im Herzen mit sich zu tragen? Ich kann mich immer auf sie verlassen, was aber auch andersherum selbstverständlich ist. Wirklich gute Freunde unterstützen sich gegenseitig und wollen einander nicht in ihrer eigenen Entwicklung bremsen, kennen und akzeptieren gegenseitige Macken des anderen und du darfst einfach du selbst sein. Danke!

Auf meinem Weg ist mir früh auch Marie begegnet. Sie war keine Begegnung für den Moment, sondern fürs Leben! Marie ist immer für mich da! Sie begleitet und unterstützt mich, sie ist loyal, hat stets ein offenes Ohr und kennt alle Geheimnisse. Wir können zusammen lachen und erleben viel gemeinsam. Danke für die einzigartigen Augenblicke und die besonderen Erinnerungen, die wir dadurch geschaffen haben! Marie als Freundin zu haben, ist einfach wunderbar! Sie ist auch die Patin meiner Mila. Wenn mir etwas passieren würde, dann weiß ich sicher, dass sie sich in meinem Sinne um Mila kümmern wird.

Lektion: Perle der Weisheit — Dankbarkeit, und aus Erfahrenem kann man wachsen

In allen Erfahrungen lässt sich eine Perle der Weisheit finden. Ich denke, dass jede wesentliche Begegnung im Leben irgendeine Bedeutung hat. Sonst wäre einem dieser Mensch nicht begegnet und gewisse Türen würden sich nicht, teils wie von selbst, öffnen. Jedes Zusammentreffen hat einen Sinn, ob nun für den einen oder für den anderen.

Beim Gedanken an Stefan bin ich zum einen dankbar, da es ohne ihn das Wunder Mila nicht geben würde. Zum anderen ist die Erfahrung mit ihm für mich ein Anlass, mich mit meiner Vergangenheit zu beschäftigen, um daraus zu lernen und daran zu wachsen. Dadurch will ich sie in mir zur Ruhe kommen lassen, sie einfach als gegeben hinnehmen und akzeptieren, wie es war.

Dankbarkeit empfinde ich trotz allem auch meinem Vater und meiner Mutter gegenüber. Ohne sie gäbe es mich nicht und sie haben innerhalb ihrer Möglichkeiten bestimmt das gegeben, was sie konnten. Und eigentlich kann man es ja auch so sehen, dass ich durch meine frühe »Freiheit« die Chance bekommen habe, außerhalb von jeglichen, vorgeschriebenen Richtlinien, Aufpassern, von jemandem ausgesprochenen Verboten und Vorgaben meinen ganz persönlichen Weg und mein Leben zu suchen sowie zu finden und mein Leben nach meinen eigenen Wünschen zu gestalten. Aber sicher ist auch, dass es ein schmerzhafter, »unbewaffneter« und einsamer Weg für mich gewesen ist. So, als würde man ein noch kleines, nacktes Vogelbaby mit der Aufforderung »Flieg!« viel zu früh in den Himmel werfen.

Um mögliche Schäden aus dem vergangenen Erlebten aufzuspüren und diese dann aufzuarbeiten, suche ich mir Hilfe. Auch natürlich dafür, um mir dann gegebenenfalls die möglichen Wege daraus aufzuzeigen.

Den Psychologen habe ich nach seinem einladenden Namen ausgesucht: Dr. Blume. Und auch seine Räume empfinde ich als sehr einladend.

»Wobei darf ich Ihnen helfen?«, fragt er freundlich, nachdem wir uns miteinander bekannt gemacht haben.

Natürlich gehe ich weit in meiner Geschichte zurück. Und allein dass ich es schaffe, in Worte zu fassen, was ich erlebt und dabei empfunden habe, ist schon ein erster Meilenstein für mich. Ich erzähle vom Anfang an, von den Narben meiner Kindheit, vom Verhalten meines Vaters gegenüber meiner Mutter und uns Kindern, von meinen durchlebten Ängsten in dieser Zeit, von der Kälte und emotionalen Vernachlässigung durch das Desinteresse meiner Eltern.

Und ich erkläre, dass die gesamte Welt für mich gleich wieder stillsteht und alle damaligen Emotionen wieder nach oben kommen, wenn durch irgendetwas die Erinnerung an diese Vernachlässigung angestoßen wird.

Dr. Blume hört sich alles aufmerksam an und erläutert dann: »Oft tritt auch Misstrauen gegenüber anderen Personen auf, es entstehen Gefühle von Verletzlichkeit oder

Perioden einer gewissen Apathie, in denen es sehr schwer ist, mit Wut oder Traurigkeit gut umzugehen.«

Im Lauf der Zeit kommen wir natürlich auch auf das durch den Rauswurf verloren gegangene Urvertrauen und das fehlende Gefühl von Sicherheit zu sprechen. Und auf mein Empfinden, dass ich es nicht verdiene, glücklich zu sein oder geliebt zu werden.

»Ja, das können Folgen der unfreiwillig durchtrennten Wurzeln sein«, macht Dr. Blume klar, »oder auch, wie Sie erzählen, dass man denkt, man kann nichts, und versucht, dieses Gefühl mit übermäßig viel Arbeit irgendwie auszugleichen. Auch ein großes Bedürfnis nach Anerkennung kann daraus resultieren.«

Schwierigkeiten beim Aufbau von stabilen Beziehungen können ebenso ihre Ursache in dieser Vergangenheit haben, fügt der Therapeut hinzu. Die gefühlte Notsituation, in der ich Angst hatte, selbst die elementarsten Grundbedürfnisse wie essen und schlafen nicht abdecken zu können, habe zu dem Verlangen nach ständiger Kontrolle geführt. Der Drang nach Perfektionismus sei ein Schutzmechanismus, um das Gefühl von Sicherheit wiederzuerlangen.

Der Zwang, stets die Kontrolle zu haben, und das Streben nach Perfektion könnten auch mit meiner Krankheit in Verbindung stehen, da sie als typische Eigenschaften bei Menschen mit dieser Erkrankung gelten. Voilà! Alles kann also Folge meiner verkorksten Kindheit sein. Na, herzlichen Dank dafür!

Ich glaube schon, dass es einiger Charakterlosigkeit bedarf, wenn ein Mann, so wie Stefan, seine schwangere Partnerin für eine andere Frau sitzen lässt. Aber möglicherweise war ich selbst ja auch nicht richtig in der Lage,

eine stabile Beziehung aufzubauen, wie mir Dr. Blume auf-
gezeigt hat.

Aber er zeigt mir auch, wie ich einen Weg aus meiner
Gefühlslage finden und mich von den Lasten meiner Vergangenheit befreien kann.

Kapitel 10

Lektion: Vergebung – Akzeptanz und Annahme

Zum Erzählen darf ich in einem unglaublich bequemen »Stuhl« Platz nehmen. Er sieht aus wie eine große Blüte, passend zu des Doktors Namen. Ein überdimensional großes Kissen, in dem man in der Mitte eine Sitzplatte versteckt hat. So muss es sich anfühlen, auf einer Wolke zu sitzen, stelle ich mir vor.

Dr. Blume an meiner Seite fordert mich auf, die Augen zu schließen, und …

»Ich bitte Sie, Victoria, dass Sie sich vorsichtig alle Geschehnisse der Vergangenheit noch einmal bewusst machen. Lassen Sie die Bilder, die Ihnen dabei in den Sinn kommen, vor Ihrem inneren Auge wie Wolken langsam vorbeiziehen. Betrachten Sie diese von außen, so als wären Sie ein Vogel auf einem Baum, der sie sich wie einen Film ansieht, und lassen Sie sie nach genauem Anschauen friedlich weiterziehen. Vielleicht kommen auch Gefühle zu den jeweiligen Bildern in Ihnen hoch, die sich, als sogenannte falsche Glaubenssätze in Ihnen daraus folgend, bei Ihnen damit verbunden haben. Die können Sie in dem Moment dann gerne laut aussprechen.«

Es ist still und ich sitze mit geschlossenen Augen da. Ich sitze »als Vogel auf einem dicken Ast« und sehe mich und meine Narben in der Kindheit vor meinem inneren Auge den Umgang meines Vaters mit meiner Mutter, Verzweiflung und Schutz, mein Auffinden der Mutter, als sie sich selbst das Leben auslöschen wollte, die Trennung meiner Eltern, die Ignoranz meines Vaters mir gegenüber, meinen Rausschmiss von Zuhause. Ich sehe, wie ich von meiner Mutter abgewiesen werde, meine Not, ohne Bleibe und Essen zu sein, nicht genügend Geld für ausreichend Nahrung zu haben, die Unterkunft bei dem alten Mann und meine Ängste dort. Ich sehe den Betrug meines Partners und das Verlassenwerden während der Schwangerschaft. Die bei den einzelnen Bildern entstehenden Gefühle lasse ich zu und verpacke sie in Worte, um sie auf ihrer Reise, über meinen Mund, dann loszuwerden.

Bei den Narben der Kindheit und beim Umgang meines Vaters mit meiner Mutter:

»Ich bin hilflos; ich bin allein; ich habe Angst.«

Bei der Verzweiflung meiner Mutter und ihrem Suizidversuch: »Ich muss auf dich aufpassen; du bist schwach; Panik.«

Beim Desinteresse meines Vaters und dem Rauswurf aus dem Elternhaus, bei der Weigerung meiner Mutter, mich aufzunehmen, bei meiner prekären Geldsituation und der unsicheren Unterkunft: »Ich werde ignoriert; ich werde ungerecht behandelt; ich bin nicht wichtig; ich kann nichts; ich bin unterlegen.«

Beim Hintergangen- und Verlassenwerden von meinem Partner in der Schwangerschaft: »Ich genüge nicht; ich bin schuld; ich habe was falsch gemacht.«

Stille.

Dr. Blume räuspert sich und meint dann besonnen: »Immer wenn Sie in Ihrem Alltag durch irgendetwas an eine dieser durchlebten Situationen erinnert werden und dann möglicherweise auch das damit verbundene Gefühl hochkommt, dann wissen Sie nun, wo es seinen Ursprung hat. Sie können es relativieren und dadurch besser damit umgehen. Und Sie können versuchen, diese Gefühle gedanklich in eine positive oder zumindest neutrale Richtung zu lenken.« Nachdenklich fährt er fort: »Und zu den Ängsten: Manchmal kann Angst auch Ausdruck von Mangel an Liebe sein. Und nach Ihren Berichten aus der Kindheit würde ich schon sagen, dass hier ein Mangel an Liebe und Aufmerksamkeit bestand. In der Konsequenz sind daraus auch Verlassenheitsängste entstanden.«

Ich höre ihn ruhig ein- und ausatmen, bevor er entspannt weiterspricht: »Aber haben Sie bitte Geduld mit sich. Es braucht Zeit, bis sich neue automatische Pfade ebnen. Auf Dauer werden Sie aber merken, dass es Ihnen leichter fällt.« Mit seiner angenehmen, dunklen, auf mich väterlich wirkenden Stimme spricht er weiter: »Um die Wunde der Vernachlässigung zu heilen, müssen wir besondere Aufmerksamkeit auf Ihr Selbstbewusstsein und Ihre Fähigkeit zu vergeben legen. Dann können Sie sich von der Vergangenheit befreien. Ich gebe Ihnen dafür die Hausaufgabe mit, dass Sie sich jeden Tag eine Wichtigkeit zuschreiben, dass Sie sich selbst lieben und respektieren. Zudem sollten Sie versuchen, sich Stück für Stück von Wut und Feindseligkeit zu befreien«, rät er mir sanft. »All diese Schritte werden im Ergebnis dazu führen, dass Sie nicht länger eine Gefangene der Wunden von gestern sind. Sie werden sich fühlen wie jemand, der die Schnur eines Ballons durchschneidet und ihn fliegen lässt.«

Das wird sich dann für Sie so anfühlen, wie in einer Welt wiedergeboren zu werden, in der Sie sich geliebt fühlen und Sie sich damit von der Vergangenheit befreien und heilen können, um dann wieder frei für ihre Träume kämpfen zu können.«

Er macht eine kurze Pause, um sich zu besinnen, und sagt mir abschließend noch Mut machende Worte: »Das Gedächtnis kann die Traurigkeit der Vergangenheit vielleicht nicht auslöschen, aber es kann ihr Ruhe und Frieden geben. So wie man zum Beispiel einen Fluss fließen sieht: Auch wenn die kältesten und dunkelsten Steine auf dem Grund liegen, läuft das Wasser klar und pur über sie hinweg. Natürlich ist es ein schwieriger Prozess, der auch seine Zeit braucht, aber wenn Geist und Körper befreit sind, kann sich das Herz für wahre und wünschenswerte Emotionen öffnen.«

Glücklich verlasse ich die Praxis von Dr. Blume. Jetzt habe ich einen Hoffnungsschimmer für die Zukunft. Sowohl was meine Gesundheit angeht als auch für eine stabile Beziehung irgendwann …

Lektion:
Glück kann man teilen

Ich habe Post bekommen, einen Brief von einem Reisebüro. Ich soll mich bitte melden, um meine Reise genau zu planen.

Weder habe ich Urlaub geplant noch ist mir dieses Reisebüro bekannt. Nachdem der Brief nicht nach Werbung aussieht und mein vollständiger Name mit meiner Adresse draufsteht, rufe ich dort an, um das zu klären. Womöglich hat sich da jemand einen schlechten Scherz erlaubt.

»Guten Tag, Frau Wagner, schön, dass Sie sich melden. Ich habe eine ganz außergewöhnliche Überraschung für Sie! Ich handle im Auftrag eines Kunden, der aber unbedingt anonym bleiben möchte. Ich musste es versprechen. Er hat sehr viel Glück in seinem Leben gehabt und möchte gerne jemandem eine Freude machen, um etwas davon abzugeben. Ich bin sozusagen ihr Glücksbote! Mein Kunde würde Sie gerne mit Ihrer Tochter und noch einer Begleitperson zu einem Urlaub einladen. Sie brauchen sich um nichts zu kümmern, dafür bin ich da. Vom Taxi, das Sie von Ihrer Haustür abholt, um Sie zum Flughafen zu fahren, bis hin zu Ihrer Rückfahrt nach Hause organisiere ich alles. An allen Stellen, wo Sie Kontakt haben, sorge ich im Vorfeld dafür, dass Sie sich um nichts kümmern müssen. Und Taschengeld, zum Beispiel für Getränke vor Ort, gibt es noch obendrauf. Ein Rundum-sorglos-Paket!«

Ein unbekannter, sehr großzügiger Gönner, über den ich nichts wissen soll? Das ist ja eigentlich echt schön, aber auch sehr mysteriös und ein bisschen unheimlich. Nicht, dass es dann vor Ort eine »böse« Überraschung gibt.

Nach einiger Überlegung wage ich es. So könnte auch Mila mal einen aufregenden Urlaub haben.

Und es ist wirklich richtig schön! Wir sind am Meer! Mila lernt das Meer kennen und darf den Strand erleben. Eine Rundum-sorglos-Woche, es ist wirklich an alles gedacht. Jeden Angestellten und jede Kontaktperson beäuge ich zwar erst einmal, ob er der Unbekannte sein könnte. Ich erfahre aber nie, wer es ist.

Thank you, mysterious hero!

Kapitel 11

Lektion: Eine magische Begegnung

Lina ruft mich an. »Vicky, heute Abend gibt es ein Fest. Da steppt der Bär. Du musst unbedingt mal raus und endlich wieder jemanden kennenlernen. Dein Stefan war ja nun mal nicht das Gelbe vom Ei. Oma kümmert sich sicher gerne um Mila. Manja und ich holen dich ab, keine Widerrede!«

Und damit ist das Gespräch auch schon wieder beendet. Noch bevor ich wie sonst »Äh, ach nö, lieber nicht ...« sagen kann.

Die Mädels holen mich ab und wir suchen einen Platz, um das Auto zu parken, was in dieser etwas abgelegenen Gegend kein Problem sein dürfte. Aus dem Fenster kann ich beobachten, wie ein Mann auf allen vieren vor einem parkenden Wagen kniet und scheinbar etwas darunter sucht.

»Oh, habt ihr den Typ gerade gesehen? Vielleicht braucht er Hilfe?«, rufe ich Lina und Manja zu.

»Ach, der mit dem Baseball-Cap? Ich glaube, der heißt Ben. Wir sind gleich da, dann können wir nachsehen und fragen.« Doch als wir ankommen, ist er schon weg.

Vor dem Eingang steht eine Traube von Menschen, an denen wir uns in Richtung der Musik vorbeischlängeln. Beim Öffnen der Tür werden wir von einem Schwall feuchtwarmer Luft begrüßt und von ein paar zur Musik wippenden Leuten, die sich auf dem Weg nach draußen an uns vorbeidrücken. Ich bin heute mit meinen Krücken hier und daher nicht ganz so standfest. Der Letzte aus der Gruppe bleibt an meiner Tasche hängen und reißt mich damit nach hinten.

Mit einem grinsenden »Oops! Langsam, alles ok?« fängt ein Mann hinter mir mich auf und schaut mir direkt in die Augen.

»Oh, Entschuldigung!«, stammle ich, während ich noch meine Balance suche. Dabei blicke ich in strahlend blaugrüne Augen. Er trägt ein Baseball-Cap und ich hasple schnell: »Du ... du bist Ben, oder? Wir sind vorhin an dir vorbeigefahren und es sah so aus, als würdest du Hilfe brauchen. Aber dann warst du nicht mehr da.«

Er überlegt, dann grinst er mich an: »Ich habe den Quacksalber heimgebracht. Ein Donald oder eine Molly, grinst er mich an.«

»Ich verstehe nicht. Ich dachte, du warst alleine?«

»Eine kleine Ente ...! Sie lief da vorne am Rand der Straße, sie hat sich wohl verlaufen und unterm Auto versteckt. Weiter hinten ist ein Weiher, von da wird sie gekommen sein. Ich hab sie gefangen und wieder zu ihrem Zuhause gebracht.« Dabei lächelt er zufrieden.

Aber es ist das Licht hinter diesem Lächeln, das mich in diesem magischen Moment gefangen nimmt. Sein Blick geht mir durch und durch, er brennt sich mir förmlich ein. Und ich schaffe es nicht, seinem Blick standzuhalten. Die Schmetterlinge in meinem Bauch begeben sich in Startposition.

Wir unterhalten uns lange. Er schafft es, dass man an seinen Lippen hängt, wenn er seine Gedanken formuliert. Zum Dahinschmelzen!

Meine Krücken hat er zu diesem Zeitpunkt nicht mal

wahrgenommen, glaube ich. Lausche mit dem Herzen, nicht nur mit den Ohren.

Und Dr. Blume hatte recht:

… und sich dann nach einer Weile so fühlen, wie jemand, der die Schnur eines Ballons durchschneidet und ihn fliegen lässt, und dann wie in einer Welt wiedergeboren zu werden, in der ich mich geliebt fühle … und ich mich damit von der Vergangenheit wohl befreien konnte. Und mich jetzt mit einem Menschen verbinden und eine sichere Beziehung schaffen kann.

Kapitel 12

Lektion: Du selbst bist der Held deiner Geschichte

Man muss Menschen, die einem Böses antun oder Schlechtes wollen oder die aus den Schwächen anderer rücksichtslos für sich nur eigenen Nutzen ziehen wollen, überwinden. Es wird im Leben immer jemanden geben, der an dir herumzerrt, weil er dich gerne anders will oder woanders haben will oder dir auch einfach nichts Gutes will. Wichtig ist: Was oder wer es auch ist, bleibe du selbst.

Sei du selbst und ändere dich nicht, nur um anderen zu genügen.

Das Wichtigste im Leben ist immer, du selbst zu sein, zu zeigen, wer du wirklich bist. Du hast die Freiheit, du selbst zu sein und deinen eigenen Weg zu gehen.

Du bist hier, um DU hier zu sein! Liebe und respektiere dich selbst.

An jedem deiner Ufer wird dir etwas geschickt – ein Mensch, ein Zufall aus mächtiger Hand, ein Hinweis, eine Erfahrung und daraus für dich eine Entwicklung. Sei aufmerksam dafür und gehe durch Türen, die sich dir öffnen.

Sei aber auch bereit zu Wandlung und Neuerung wie ein Schmetterling, der sich entfaltet. Das Leben ist ein Gefühl und ein Geschenk!

Gehe mit positiven Gedanken auf deine Lebensreise und

nimm dein Werkzeug mit. Lass Liebe und Hoffnung dein Boot sein, Wille dein Paddel, Mut dein Segel und Fantasie sowie eine klare Vorstellung die Baumeister deiner Wünsche und Ziele. Positive Gedanken sind der Beginn deiner wunderbaren Realität.

Vertraue den Wellen des Lebens. Es trägt dich weiter, denn wie das Meer wird es den Wellen nicht müde.

Vertraue darauf, dass alles so kommt, wie es richtig ist. Wir haben eine faszinierende, atemberaubend schöne Welt, in der wir zu Gast sein dürfen. Das Leben bietet wunderbare Möglichkeiten. Nicht immer ist eine Tür für dich offen – dann ist das dahinter vielleicht auch nicht für dich gedacht.

So als wäre zuvor, mit einem magischen Stift, dein Lebensbuch schon geschrieben worden.